Diogenes Taschenbuch 24707

de
te
be

AF185854

CHARLES LEWINSKY, 1946 in Zürich geboren, ist seit 1980 freier Schriftsteller. International berühmt wurde er mit seinem Roman *Melnitz*. Er gewann zahlreiche Preise, darunter den französischen Prix du meilleur livre étranger. *Der Halbbart* war nominiert für den Schweizer und den Deutschen Buchpreis. Sein Werk erscheint in 16 Sprachen. Charles Lewinsky lebt im Sommer in Vereux, Frankreich, und im Winter in Zürich.

Charles Lewinsky

Der Teufel in der Weihnachtsnacht

und
Der liebe Gott beim Ortstermin

Diogenes

Der Teufel
in der Weihnachtsnacht

Schwester Innocentia war schuld.

Aus ihrem deutschen Stammkloster schon vor langen Jahren nach Rom entsandt und bei aller Begeisterung für die Heilige Stadt immer noch von kulinarischem Heimweh geplagt, hatte sie eine Mischung aus Panettone und Dresdener Christstollen kreiert, die mehr magenbeschwerende Köstlichkeiten enthielt als der Kirchenkalender Heilige zählt. Und sie hatte, die Gewohnheiten und Schwächen ihres Dienstherren wohl kennend, gestern Abend einen verführerischen Teller davon auf seinem Kopfkissen, direkt unter dem Kruzifix, platziert. Er hatte der Verführung nicht widerstehen können.

Der Papst rieb sich ächzend den Magen. Jedes Jahr nahm er sich vor, fit und rank in den berufsbedingten Weihnachtsstress zu gehen, und jedes Jahr kam ihm Schwester Innocentias Original Dresdener Christpanettone dazwischen. Er beschloss, ihr ein hübsch gerahmtes handgeschriebenes Vaterunser unter den Weihnachtsbaum zu legen, die Worte »… und führe uns nicht in Versuchung« rot unterstrichen. Er tastete nach dem Notizblock, der immer auf dem Nachttisch bereitlag, und fasste in einen Teller voller Puderzuckerreste und Mandel-splitter.

Der Gummizug seiner Pyjamahose spannte un-angenehm über seinem von kandierten Früchten, Marzipan und Rosinen geblähten Bauch. Vielleicht hatte Schwester Innocentia doch recht mit ihrer Ansicht, ein Pyjama sei kein passendes Kleidungs-stück für einen Papst. Sie versuchte schon seit Jah-ren, ihn zu langen weißen Nachthemden zu über-reden. Aber die waren ihm immer den Hängerchen zu ähnlich gewesen, die er in der Öffentlichkeit tra-gen musste.

Von einem Kirchturm schlug es drei. Eine zweite Glocke stimmte ein, eine dritte und eine vierte. Das ist das Unangenehme an einer Wohnung im Vati-kan: Wenn man hier wach im Bett liegt, wird man von allen Seiten daran erinnert, zu welch unchrist-licher Stunde man sich immer noch ruhelos von einer Seite auf die andere wälzt. ›Unchristlich‹ darf ich in diesem Zusammenhang gar nicht denken‹, dachte der Papst und schlummerte für zwei Minu-ten ein.

Diesmal waren es die Krümel, die ihn weckten. Durch irgend eine Perfidie in Schwester Innocen-tias Weihnachtsrezept waren sie besonders scharf-kantig geraten, und ein paar von ihnen hatten sich, mit der sadistischen Treffsicherheit von Folterknech-

8

ten, die einen urchristlichen Märtyrer seiner Heiligsprechung entgegenquälen, an besonders empfindlichen Stellen innerhalb des päpstlichen Pyjamas eingenistet. »Der Teufel soll sie holen!«, murmelte der Papst und fiel in einen unruhigen Schlaf.

Der Teufel fuhr einen roten Ferrari. Feuerwehrrot ist die Lieblingsfarbe aller infernalischen Geschöpfe. Sie werden gern daran erinnert, dass sie über ein Feuer verfügen, das auch der modernste Spritzenwagen nicht löschen kann. Aber warum gerade ein Ferrari? Warum nicht? Auch der Papst ist ja meistens ein italienisches Modell.

Dass es sich um den Teufel handeln musste, merkte man nur schon daran, dass er mit Vollgas durch die engsten römischen Straßen brettern konnte, ohne auch nur ein einziges Mal im Stau stecken zu bleiben. An den Schweizergardisten war er vorbeigekurvt, bevor die auch nur daran denken konnten, das Posieren für die knipsenden Touristen einzustellen und ihre Hellebarden als Straßensperre einzusetzen. Mit satanischer Rücksichtslosigkeit stellte er den Wagen direkt neben dem Haupteingang auf dem Parkplatz ab, der eigentlich für den Kardinal-Staatssekretär reserviert war. Ein echter Teufel schreckt vor keinem Sakrileg zurück.

Man erkennt die Bewohner der Hölle schon lange nicht mehr an irgendwelchen Bocksfüßen, und es ist auch vergebliche Liebesmüh, in der Hose ihres Maßanzugs einen sorgfältig versteckten Ringelschwanz entdecken zu wollen. Das einzige Requisit, das sie nach moderner höllischer Etikette immer bei sich zu tragen verpflichtet sind, ist ein Aktenköfferchen. Teufel sehen aus wie Versicherungsvertreter. So verschieden sind die beiden Berufsgattungen ja auch nicht: Beide haben sich darauf spezialisiert, Policen für das Paradies auszustellen und den Dreizack ins Kleingedruckte wegzumogeln.

Der Teufel, der den Papst besuchen kam, teilte mit einem guten Versicherungsvertreter noch eine weitere Fähigkeit: die Gabe, sich chamäleonartig jeder Umgebung anzupassen und dadurch immer und überall so auszusehen, als ob er dazugehörte. Als er an den goldgerahmten Ölgemälden auf dem langen Flur vorbeiging, bekam sein Gesicht haarfeine Risse wie alter gesprungener Firnis, vor den schweren flandrischen Teppichen wurden seine Haare zu verblasstem Flaum, und wenn sich eine der holzgeschnitzten Türen lautlos vor ihm öffnete, glänzte sein Teint wie vom Olivenöl, mit dem die kunstvollen Paneele seit Jahrhunderten poliert worden waren. Kurz: Er wurde quasi – oder in seinem Fall vielleicht sogar tatsächlich – unsichtbar. Wer will das so genau wissen? Auf jeden Fall hielt ihn niemand auf, als er das Schlafzimmer des Papstes betrat. Seine Heiligkeit hatte in der letzten Nacht wirklich sehr schlecht geschlafen.

»Schickes Pyjama«, sagte der Teufel anerkennend.

Der Papst schlug verwirrt die Augen auf und sah einen völlig fremden Mann an seinem Bett stehen, der sich mit dem fürsorglichen Lächeln eines Oberkellners über ihn beugte. »Wer sind Sie?«

Eine Visitenkarte wuchs – zumindest sah es in den noch schlaftrunkenen Augen des Papstes so aus – aus der überraschend behaarten Handfläche des Besuchers. »Teufel«, stellte er sich mit einer formvollendeten Verbeugung vor.

Erschrocken tastete der Papst nach dem Kreuz an der Halskette, die er seit seinen Tagen auf dem Priesterseminar nie mehr abgelegt hatte. Aber sein Gast schüttelte nur leicht amüsiert den Kopf und sprach weiter: »Hieronymus Teufel. Altes schwäbisches Patriziergeschlecht. Selbstverständlich katholisch. Schon immer.«

»Wie … wie kommen Sie hier herein?«

»Es hat mich niemand aufgehalten.« Moderne Teufel lügen nicht. Sie pflegen, wie medienbewusste Politiker, nur einen ökonomischen Umgang mit der Wahrheit. Es ist nicht ganz klar, wer die Technik von wem gelernt hat.

»Und was wollen Sie hier?«

Der Teufel setzte sich auf die Bettkante. Wenn

jemand hereingekommen wäre, hätte er geschworen, hier betreue ein vertrauter Hausarzt einen alten Patienten. »Ich bin gekommen, um zu helfen«, sagte der Teufel.

»Mir?«

»Auch Ihnen. Allen guten Christenmenschen. Der ganzen Kirche.«

»Wie soll ich das verstehen?«

»Sehen Sie«, sagte der Teufel und saß plötzlich an dem Schreibtisch, an den sich außer dem Papst selber niemand, aber wirklich niemand setzen durfte, »sehen Sie, Eure Heiligkeit, mit den Finanzen der Kirche ist es nicht zum Besten bestellt. Ich habe hier den Abschluss des letzten Jahres ...« – mit der betont nonchalanten Geste eines Zauberers, der einem leeren Zylinder einen riesigen Blumenstrauß entnimmt, holte er einen Packen Computerausdrucke aus der Luft und ließ sie, sich entfaltend, bis auf den Boden flattern –, »... und wenn man sich die Zahlen so ansieht, dann muss man feststellen: Als Privatunternehmen müsste der Heilige Stuhl schon bald einmal daran denken, die ersten Mitarbeiter zu entlassen.« Über den Rand einer schmalen Brille hinwegguckend wies er auf eine Zeile und schnalzte missbilligend mit der Zunge. »Wirklich sehr bedenkliche Zahlen.«

»Woher ...?«, setzte der Papst an, aber sein Besucher – auch das hatte er mit einem Versicherungsvertreter oder einem Politiker gemeinsam – ließ ihn gar nicht zu Worte kommen. »Fusionieren wäre natürlich eine Möglichkeit«, fuhr er nachdenklich fort. »Einen Partner mit ähnlicher Produktepalette suchen und dann die Synergien nutzen. Die Mitarbeiterzahl verkleinern und unnötige Produktionsstätten abstoßen.«

»Was für Produktionsstätten?«

»Ich denke an all die vielen Orte, wo eine katholische neben einer evangelischen Kirche steht, und beide sind in der gegenwärtigen Marktsituation nicht ausgelastet. Und das trotz oft bester Citylagen. Wenn sich dieser brachliegende Immobilienbestand aktivieren ließe …«

»Aktivieren?« Der Papst glich in diesem Moment sehr dem Tiziangemälde über seinem Schreibtisch. Es zeigte den heiligen Antonius von Padua beim Abwehren einer Versuchung. »Wollen Sie damit sagen: Wir sollen Kirchen verkaufen?«

»Aber nicht doch!«, beruhigte ihn sein Besucher.

»Gott sei Dank!«

Der Besucher zuckte zusammen. Irgendetwas an diesem Wort schien ihm nicht gut zu bekommen. »Ich würde vorschlagen: Leasing«, fuhr er fort. »Die Gebäude für neunundneunzig Jahre verpachten oder so. Als Disco oder Supermarkt.«

»Das kommt überhaupt nicht infrage!«, sagte der Papst mit seiner donnerndsten Ex-Cathedra-Stimme. Sein Gegenüber schien dadurch nicht beeindruckt.

»Genau die Reaktion, die ich erwartet habe«, antwortete der Teufel. »Ich wollte Ihnen ja auch nur die ganze Bandbreite der Möglichkeiten deutlich machen, die ein modernes Marketingkonzept auch für Ihr Unternehmen zu bieten hat. Aber wahrscheinlich haben Sie recht. Man sollte sich bei Kooperationen nicht allzu weit vom angestammten Produktemix entfernen. Das ist nicht gut für die Kundenbindung. Wenn sich allerdings eine verwandte Branche finden ließe, die …« Er kratzte sich nachdenklich mit einem gepflegten Fingernagel an der Stirne. Einen Moment lang sah es unwahrscheinlicherweise so aus, als ob dabei Funken sprühten. Dann schien der Teufel einen Einfall zu haben. »Wissen Sie was«, sagte er, »warum begleiten Sie mich nicht einfach auf einen kleinen Ausflug? Ich möchte Ihnen gerne etwas zeigen.«

»Unmöglich«, protestierte der Papst. »Ich kann doch jetzt nicht weg! Es ist Weihnachten, und da werde ich hier dringend gebraucht!«

Aber der Teufel, wie die Weltgeschichte lehrt, ist ein meisterhafter Überzeuger, und so saß der Papst plötzlich mit in dem roten Ferrari, und sie flogen – wie kam's? Wie ging's? – hoch über die Dächer von Rom hinaus. Der Teufel bediente mit zwei Fingern – waren es Finger? Waren es Krallen? – das Lenkrad und wies mit der andern Hand auf die zahllosen Kirchtürme, die das Stadtbild sprenkelten. »Totes Kapital«, sagte er vorwurfsvoll und nahm einer Taube die Vorfahrt, »nichts als totes Kapital.«

»Wo fliegen wir denn hin?«

»Zu einer Premiere.« In einer scharfen Linkskurve (Teufel bevorzugen Linkskurven) bog er in eine Wolke ein, und als sie wieder daraus auftauchten, trug der Papst statt seines Pyjamas einen schneeweißen Smoking mit einer purpurfarbenen Rose am Revers. Zu seiner Überraschung war er davon überhaupt nicht überrascht. »Das Theater«, dozierte der Teufel, während er dem Kapitän eines Jumbojets mit einem gewagten Überholmanöver einen höllischen Schrecken einjagte, »das Showbusiness ganz allgemein war doch schon immer eine verwandte Branche. Die große Show damals am Sinai – bis heute unübertroffen! Natürlich darf sich eine Firma mit dem Renommee der Ihren nicht auf zweitklassige Partner einlassen. Die besten sind gerade gut genug. Und ich habe die besten an der Hand. Sie werden sehen.« Der Teufel lächelte selbstgefällig und setzte zum Sturzflug an.

Das alte Zentrum von Paris war weiträumig abgesperrt. Berittene Gardisten mit glänzenden Helmen hielten den Weg frei für die Limousinen, die sich aus allen Himmelsrichtungen den Weg zur Kathedrale bahnten. Atemlose Klatschreporter feierten Schnellsprechorgien beim Aufzählen der internationalen Prominenz. Eine Millionenerbin stieg, eine Menge Bein zeigend, aus einem Rolls-Royce, und ein früherer Boxweltmeister betonte vor einem Mikrofon nach dem andern, dass Kultur für ihn schon immer das Wichtigste auf der Welt gewesen sei. Ein Friedensnobelpreisträger ging völlig unbeachtet an den Kameras vorbei, denn gleich hinter ihm erschien Miss World am Arm eines Erzbischofs.

Und überall in Paris hingen die Plakate: »Paradise Productions proudly presents DER GLÖCKNER VON NOTRE DAME zum ersten Mal am Originalschauplatz.«

»Die Möglichkeiten sind unerschöpflich«, erklärte der Teufel stolz. »Nur schon der kirchliche Anteil an den Merchandising-Produkten deckt das Defizit einer mittleren Diözese. Wir rechnen damit, dass allein der Verkauf an Gummibuckeln …«

»Gummi… was?«

»Das perfekte Souvenir. Ein Rucksack in der Form eines Buckels. Damit sich jeder Besucher der

Vorstellung selber als Glöckner von Notre Dame fühlen kann. Ja, RUG denkt an alles.«

»Wer oder was ist RUG?«

»Unser Kooperationspartner bei diesem Projekt. Die Firma von Andrew Lloyd Webber. RUG steht für ›Really Useful Group‹. Eigentlich schade, dass der Name schon vergeben ist«, fügte der Teufel nachdenklich hinzu. »Die ›Wirklich Nützliche Gesellschaft‹ klingt irgendwie viel fetziger als einfach nur ›Katholische Kirche‹.«

»Wir sollen in Notre Dame Buckel als Souvenir verkaufen?«

»Nicht nur Buckel natürlich. Auch T-Shirts und Aschenbecher und CDs und Schlüsselanhänger und …«

Der Papst unterbrach ihn wütend. »Kennen Sie die Geschichte, wie der Herr die Händler und Wechsler aus dem Tempel jagte?«

»Nein«, sagte der Teufel, »kenne ich nicht. Klingt aber gut. Meinen Sie, dass das vielleicht ein Stoff für eine Nachfolgeproduktion sein könnte?«

Bevor der Papst antworten konnte, war ein Fernsehreporter an die beiden herangetreten. »Für diejenigen jüngeren Zuschauer, die ihn vielleicht nicht mehr kennen«, lächelte er in die Kamera, »der freundliche alte Herr, der hier direkt hinter der Girl Group mit ihren originellen bauchfreien Kostümen über den roten Teppich schreitet, ist der Papst. Er ist – genau wie der italienische Premier – eigens zu diesem gesellschaftlichen Anlass aus Rom eingeflogen. Herr Papst, Sie sind hier ja gewissermaßen der Hausherr. Was sagen Sie dazu, dass das man dieses Jahr in Notre Dame das Weihnachtsfest nicht mit der traditionellen Mitternachtsmesse begeht, sondern mit der Premiere eines neuen Musicals?«

»Ich finde es furchtbar«, wollte der Papst sagen, »und ich werde es nicht zulassen. Nicht in Notre-Dame, nicht im Kölner Dom und überhaupt nirgends. Wir werden nicht fusionieren und nicht kooperieren und keine Gummibuckel mit Notre-Dame-Schriftzug verhökern!«

All das wollte er sagen. Aber auf unerklärliche Weise war der rote Teppich plötzlich wieder zu einem roten Ferrari geworden, das Gewitter der Blitzlichter zu einem Wetterleuchten in weiter Ferne, und neben ihm saß der Teufel, der mit Vollgas zwischen zwei Schäfchenwolken durchsteuerte und kopfschüttelnd sagte: »Wirklich sehr schade. Nur schon das Lied des Glöckners hätte Ihnen Hunderte von Kircheneintritten gebracht. Die Melodie war schon bei Puccini ein Hit. Und die Zeile ist doch einfach toll: ›I may stumble, I may lurch, but I love to go to church‹.«

Der Teufel drückte das Gaspedal bis zum Anschlag durch, und sie versanken in einem Wolkengebirge. Die wogenden Hügel stürzten von allen Seiten auf den Papst ein und wurden zu einem riesigen Sack, jawohl, zu genau so einem Sack, wie ihn der Nikolaus immer bei sich trägt, ein brauner Jutesack, prall gefüllt mit kandierten Früchten und Mandelsplittern und Marzipan und all den anderen Zutaten, aus denen Schwester Innocentia ihre tonnenschwere Weihnachtsspezialität zusammenzurühren pflegte. Und dann war der Sack plötzlich ein Federbett, unter das der Papst mit dem Kopf geraten war, und er zappelte und prustete und strampelte und hatte sich endlich, endlich von dem Albdruck befreit. Er schlug die Augen auf, und …

»Schön, dass Sie wieder da sind«, sagte der Teufel, der sich gerade eine Zigarette anzündete, ohne dafür einen Anzünder zu brauchen. »Wir werden schon erwartet.«

»Erwartet? Wo?«

»Nicht weit. Nur einen Mausklick von hier entfernt.« Der Teufel hatte statt der Gangschaltung plötzlich eine Maus in der Hand, ein graues, nein, gräuliches Ungeheuer mit rot glühenden Augen, die den Papst hämisch anzugrinsen schienen.

»*Apage, Satanas!*«, flüsterte der ganz automatisch, aber der Teufel und seine Maus schüttelten nur synchron die Köpfe.

»Damit hat man vielleicht im Mittelalter was erreicht«, sagte der Teufel fast mitleidig – oder war es die ebenso spitzzahnige Maus, die da sprach? –, »aber doch nicht mehr heute im Zeitalter der Elektronik.« Er drückte auf die Maus, die Maus piepste, und schon bog der Ferrari von der Milchstraße ab und fädelte auf der Datenautobahn zwischen mit Lichtgeschwindigkeit dahinrasenden Bytes wieder ein. Teufel haben immer Vorfahrt.

Der Papst – und wieder wunderte er sich, dass er sich darüber nicht wunderte – trug jetzt einen weißen Overall und einen gleichfarbenen Schutzhelm. Überhaupt waren alle Leute in dem Labor, vor dem der teuflische Ferrari ihn ausgeladen hatte, so gekleidet. Sogar die Maus trug einen Overall und sah darin so disneyhaft niedlich aus, dass der Papst vor Schreck fast aufgewacht wäre.

In der Mitte des Raumes, der für die mit solchen Dingen unvertrauten Augen des Pontifex Maximus aussah wie eine Mischung aus Baustelle und Operationssaal, war eine Fläche mit roten Samtkordeln abgetrennt. Von Scheinwerfern angeleuchtet stand dort auf einem kleinen Podest ein mit einem weißen Tuch abgedecktes Etwas. ›Eine Statue, die ich enthüllen soll‹, dachte der Papst und fühlte sich gleich wohler. Auf seinen Weltreisen hatte er schon an vielen solchen Enthüllungen teilgenommen. Meistens hatte es sich dabei allerdings um Gedenktafeln gehandelt, deren einziger Zweck darin bestand, der Tatsache zu gedenken, dass sie vom Papst persönlich enthüllt worden waren.

»Ich habe hier eine Statistik«, sagte der Teufel, und wieder ließ er einen langen Computerausdruck wie eine Prozessionsfahne durch den Raum flattern, »über die Personalprobleme der Kirche. Danach ist der Nachwuchsmangel im Priesterberuf ein drängendes und bisher völlig ungelöstes Problem. Ich freue mich, Ihnen eine Lösung anbieten zu können, die diese Schwierigkeit mit einem Schlag aus der Welt schafft. Sie müssen sich nur zu einer mutigen Entscheidung durchringen, und schon …«

»Nein!«, unterbrach ihn der Papst, denn in diesem Punkt hatte er auch in den tiefsten Tiefen eines christpanettonebedingten Albtraums keine Zweifel, »das Zölibat bleibt! Priester müssen enthaltsam leben!«

Das allgemeine Schweigen, das auf diesen Satz folgte, wurde durch ein leises, schrilles Piepsen gestört. Es klang fast wie ein Kichern. Aus irgendeinem Grunde schien sich die Maus gewaltig zu amüsieren.

»Ich spreche nicht vom Zölibat«, sagte der Teufel schnell und schleuderte die Maus mit einem gezielten bocksfüßigen Tritt in den weit aufgerissenen

Schlund eines Aktenvernichters. Ein leises Surren, und sie war verschwunden. »Ich spreche vom Ersatz von Manpower durch High Tech. Ich präsentiere Ihnen hier …« – ein Fingerschnipsen rief aus dem Nichts eine Fanfare ab –, »ich präsentiere Ihnen hier ›Absolvo 2000‹, den Beichtstuhl der neuen Generation!«

Wie eine riesige weiße Taube flatterte das Tuch in die Höhe und verschwand in der Unendlichkeit. Darunter kam nicht, wie der Papst erwartet hatte, eine Statue zum Vorschein, sondern eine Art Verkaufsautomat mit Bildschirm, Kopfhöreranschluss und jeder Menge blinkender Tasten. »Ich hör dir zu«, sagte eine tiefe, in überirdischen Bässen vibrierende Stimme, und wiederholte immer wieder: »Ich hör dir zu … Ich hör dir zu … Ich hör dir zu …«

»Wir haben für ›Absolvo 2000‹ die Stimme des besten Synchronsprechers der gesamten Werbebranche lizenzieren können«, erklärte der Teufel stolz. »Was McDonald's recht ist, kann der Kirche nur billig sein. Gerade weil unser Gerät keine Brust im eigentlichen Sinne hat, schien uns der Brustton der Überzeugung umso wichtiger. Wir haben ihn übrigens kostenlos bekommen«, fügte er triumphierend hinzu und grinste dabei so teuflisch, dass der Papst zum ersten Mal wirklich verstand, warum der Stolz eine Todsünde ist. »Er hat am Anfang seiner

Karriere mal in einem Pornofilm mitgestöhnt, und ein kleiner Hinweis auf eine Privathölle, in der bis in alle Ewigkeit immer nur dieser Streifen läuft, hat vollkommen genügt.«

»Was ist das für eine Maschine?«

»Der erste vollautomatische elektronische Beichtstuhl. Auf allen wichtigen Planeten zum Patent angemeldet. Wenn Sie ihn vielleicht einmal ausprobieren wollen?«

»Nein«, sagte der Papst streng und sah, abgesehen von seinem Overall, ganz so aus wie ein wütender Moses kurz vor dem Zertrümmern der Gesetzestafeln. »Ich will ihn nicht ausprobieren!«

»Aber ›Absolvo 2000‹ hat serienmäßig einen stufenlos regelbaren Filter für lässliche Sünden …«

Der Papst schüttelte den Kopf.

»Einen selbstreinigenden Absolutionsdispenser …«

Der Papst verschränkte die Arme.

»Und er ist ortsunabhängig! Zum ersten Mal kann nicht mehr nur in der Kirche gebeichtet werden, sondern überall. Am Bahnhof. Im Parkhaus. Im Supermarkt.«

Der Papst wandte sich ab.

»Dem kann man es aber auch wirklich nicht recht machen«, murmelte der Teufel vor sich hin und folgte ihm zum Auto.

Die aus vielen Webespots vertraute Stimme, fast ein bisschen beleidigt, wiederholte in der Ferne verklingend: »Ich hör dir zu … Ich hör dir zu … Ich hör dir zu … Ich hör dir …« Dann war der Ferrari auch schon wieder unterwegs.

»Sie machen es einem wirklich nicht leicht«, schimpfte der Teufel und legte mit spitzen Fingern den elften Gang ein. (Höllische Ferraris haben sehr viel mehr Gänge als irdische. Der Straßenzustand in der Unterwelt ist nicht immer der beste.) »Ich höre ihn da oben schon kichern, weil er hofft, ich würde meine Wette mal wieder verlieren.«

»Welche Wette?«

»Immer die gleiche. Manchmal geht es um Hiob, manchmal um Faust, und heute geht es eben um Sie.«

»Um meine Seele, meinen Sie?«

»Keine Fangfragen! Wir wetten eben gerne. Irgendwie muss man sich ja die Zeit vertreiben. Haben Sie sich schon mal überlegt, wie langweilig es einem werden kann, wenn man die ganze Ewigkeit hinter sich und noch einmal die ganze Ewigkeit vor sich hat? Es wird uns beiden manchmal so unbeschreiblich fad, mir und dem da oben.«

Der Papst kannte aus den Legendenbüchern viele Heilige, die nach langem Fasten einen Blick in eine andere Welt getan hatten. Aber dass die umgekehrte Methode genauso funktionierte, dass man nicht nur mit leerem Magen, sondern auch nach dem Genuss einer übermäßigen Menge weihnachtlicher Süßigkeiten zu völlig neuen theologischen Erkenntnissen gelangen konnte, das war ihm neu. »Sie meinen«, fragte er mit zitternder Stimme, »Sie meinen: Gott langweilt sich?«

Der Teufel zuckte zusammen wie unter einem plötzlichen Migräneanfall. »Ich wäre Ihnen dankbar, wenn Sie den Namen nicht erwähnen würden.«

»Entschuldigung«, sagte der Papst.

»Schon gut. Natürlich langweilt sich der da oben. Ständig immer nur allwissend sein und ab und zu mal eine neue Welt erschaffen, das füllt den Tag ja auch nicht aus.«

»Und dann wettet er mit Ihnen?«

»Nicht nur mit mir. Manchmal auch mit einem seiner Engel. Aber die lassen ihn ja immer gewinnen, diese rückgratlosen Speichellecker.«

»Waren Sie nicht selber einmal ein Engel?«

Der Teufel verschluckte sich und musste erst ein ganzes Weilchen Feuer in sein Taschentuch spucken, bevor er weiterreden konnte. »Meine Biografie ist meine Privatsache«, sagte er dann würdevoll.

»Entschuldigung.« Es fiel dem Papst gar nicht auf, dass er sich jetzt schon das zweite Mal bei Satan entschuldigte. »Haben Sie denn schon einmal eine

Wette gegen … ich meine: gegen den da oben gewonnen?«

»Ich gewinne dauernd. Er findet nur immer einen Trick, um den Gewinn dann doch selber einzustreichen.«

»Sie wollen doch nicht etwa behaupten, dass Gott … Entschuldigung … dass der da oben mogelt?«

»Aber nein!«

»Das will ich auch hoffen.«

»Er geht immer streng nach den Regeln vor. Aber schließlich ist er es, der die Regeln bestimmt.« Ein Schauer blinkender Sternschnuppen hüllte den Wagen ein. »Sehen Sie«, sagte der Teufel vorwurfsvoll, »jetzt lacht er mich auch noch aus.«

Dann fielen sie. Senkrecht in die Tiefe tauchte der Ferrari, quer durch die Harfenprobe eines Engelorchesters, haarscharf vorbei an den Rentieren vor dem Schlitten des Weihnachtsmanns, immer tiefer hinab, durch Wolkengebirge und Schwärme auseinanderstiebender Vögel, tiefer und tiefer, auf Gebirge zu, die sich ihnen entgegenreckten wie Krallen, durch Gletscherspalten und Schluchten, und immer weiter fielen sie, rasten auf Städte zu, auf Häuser, auf Dächer. Der Papst fragte sich schon, ob der Sturz wohl erst in der Hölle enden würde, und der Teufel, der einen auch hört, wenn man gar

26

nichts gesagt hat, antwortete bedrohlich beruhigend: »Nicht direkt in der Hölle, aber so ähnlich. Ich habe für die Menschen etwas noch Besseres erfunden.«

Auf eine riesige Schüssel aus Metall stürzten sie zu, fielen durch sie hindurch, rasten rüttelnd und schüttelnd durch ein Labyrinth aus Röhren und Kabeln und Leitungen, es wurde dunkel um sie herum, ein von tanzenden Lichtblitzen vibrierendes Schwarz, und dann wurde ein leuchtendes Rechteck größer und immer größer, sie sausten auf einen Bildschirm zu, durch ihn hindurch – und eine professionell freundliche weibliche Stimme sagte: »Und jetzt begrüßen Sie bitte mit mir einen weiteren Gast in unserer Talkrunde: den Papst persönlich!«

Applaus brandete auf und schwappte wie eine Welle über den Papst hinweg. Er saß in einem Designersessel, an dessen Seitenlehnen er sich mit beiden Händen festklammern musste, um nicht in den Tiefen des fotogenen Designerstücks zu versinken, vier Objektive waren auf ihn gerichtet wie die riesigen Augen mythologischer Tiere, und die Stimme, deren Besitzerin er von Scheinwerfern geblendet immer noch nicht hatte eruieren können, wollte von ihm wissen: »Was halten Sie von der neuen Frühjahrsmode?«

»Wie bitte?«

»Wer ist Ihr ganz persönlicher Favorit in dem Kampf, der in diesem Jahr auf den Laufstegen tobt?«

»Was für ein Kampf?«

»Auf der einen Seite schwingende, glockenförmige Röcke, und auf der anderen Seite diese hautengen Kreationen, die die Weiblichkeit so aufregend betonen.«

»Ich verstehe nichts von Kleidern«, sagte der Papst.

»Deshalb haben wir Sie ja eingeladen. Wer könnte den Streit der Experten besser entscheiden als ein Mann, der bei diesem Thema gewissermaßen beruflich zur Neutralität verpflichtet ist? Wir freuen uns ganz besonders ...«

»Ich gehöre nicht hierher.«

Aber die unerbittlich freundliche Stimme war keine von jenen, die sich gerne unterbrechen lassen. »Wir freuen uns ganz besonders«, fuhr sie fort, »dass wir Ihnen, liebe Zuschauer, in unserem diesjährigen bunten Weihnachtsprogramm nicht nur den Sieger von *Big Brother*, sondern als erste Talkshow überhaupt den Papst präsentieren dürfen. Live bei uns! Was der Heilige Vater zum Thema Mode, zu den Chancen der Fußball-Nationalmannschaft und zum Schutz der Delphine zu sagen hat, das erfahren Sie gleich nach dieser kurzen Unterbrechung. Bleiben Sie dran, ich zähl auf Sie!«

Ein neuer Brecher aus Applaus und Getrampel schlug über dem Papst zusammen, eine fremde Frau tupfte ihm das Gesicht mit Puder ab, und der Teufel flüsterte ihm vorwurfsvoll ins Ohr: »Sie müssen lockerer sein, viel lockerer!«

»Aber …«

»Ab und zu ein Scherzchen machen. Eine Anekdote erzählen. Vielleicht die Geschichte von Daniel in der Löwengrube. Tiere kommen immer gut an.«

»Wo bin ich hier?«

»Die erfolgreichste Talkshow des deutschen Fernsehens. Manche Leute würden ihre Seele verkaufen, um hier sitzen zu dürfen. War nur ein Scherz.«

»Ich kann doch als Nachfolger Petri nicht in einer solchen Sendung …«

»Denken Sie an die Demografie! Talkshows werden erfahrungsgemäß gerade von Hausfrauen besonders gerne gesehen. Und das ist doch Ihr Stammpublikum.«

»Keiner meiner Vorgänger hat jemals …«

»Keiner Ihrer Vorgänger hatte die Möglichkeit dazu. Hier tut sich ein völlig neues Feld für Sie auf. Unbeschränkte Entwicklungsmöglichkeiten! Stellen Sie sich zum Beispiel vor: eine tägliche Talkshow auf Radio Vatikan. Vom Papst persönlich moderiert! Ich hab auch schon einen schlagkräftigen Titel dafür: *Der Heilige Stuhl.*«

»Ich werde niemals zulassen ...«, setzte der Papst an, aber da ertönte aus einem Lautsprecher die Durchsage: »Noch zehn Sekunden, noch fünf, vier, drei, zwei, eins«, eine neue Applauswoge ließ ihn vergessen, was er hatte sagen wollen, und die gnadenlos freundliche Stimme, deren Ursprung er immer noch nicht zu Gesicht bekommen hatte, verkündete: »Bevor ich unserem heutigen Stargast, dem Papst, einige intime Fragen stelle, möchte ich Ihnen zeigen, wie man es auch im Vatikan versteht, mit der Zeit zu gehen. Bühne frei für unsere kleine Modeschau!«

Und dann trippelten sie herein, die Nonnen und Mönche, in Kutten aus Mohair und Hauben aus Alcantara. Ihre Sandalen hatten sie mit Pfennigabsätzen versehen und statt des Büßerstricks nietenbesetzte Gürtel umgeschnallt. In durchbrochenen Leggings und schwarzledernen Miniskirts stöckelten sie über den Laufsteg, mit den schwesterlichen Hüften schwingend, mit den brüderlichen Hintern wackelnd, und was das Allerschlimmste war: Auch Schwester Innocentia war dabei, seine Schwester Innocentia! Sie hatte sich die Lippen rot geschminkt und den kleinen Schnurrbart entfernen lassen, sie blinzelte unter künstlichen Wimpern hervor ins Publikum, sie warf Kusshände und Kuchenstücke in die Menge, und der Papst schrie auf und wollte sich aus seinem Designersessel herauskämpfen, aber der hatte sich in ein Federbett verwandelt, ein Federbett, das seltsamerweise nach Marzipan und Bittermandeln duftete, und als der Papst es endlich, endlich geschafft hatte, sich zu befreien, da stand schon wieder der Teufel vor seinem Bett, hatte eine Fernbedienung in der Hand und sagte: »Ist nicht weiter schlimm, wenn Ihnen das nicht gefällt. Das Fernsehen bietet noch ganz andere Möglichkeiten.«

Der kleine Altar mit dem Madonnenporträt, das, wie ihm der Kurator der vatikanischen Museen glaubhaft versichert hatte, mit großer Wahrscheinlichkeit von Michelangelo persönlich stammte, war verschwunden. Die kostbare Bibelausgabe mit ihren handschriftlichen Randnotizen, die, da waren sich die Experten fast einig, die Handschrift des heiligen Ignatius von Loyola aufwiesen, lag nicht mehr da. Auf dem antiken Spitzentuch, dem Geschenk einer belgischen Pilgergruppe, stand jetzt etwas ganz anderes: ein Fernsehapparat. Und über dessen Bildschirm flimmerte ein Werbespot.

Eine Frau, deren Gesicht tiefste Konzentration auf eine schwierige Aufgabe ausdrückte, schob einen Einkaufswagen vor sich her. Die unendlich lan-

gen, vom Boden bis zur Decke mit Waschmittel-
paketen der verschiedensten Hersteller gefüllten
Regale, die links und rechts ihren Weg säumten,
schienen sich bis in die Ewigkeit fortzusetzen. Die
Frau griff hier nach einer Packung, nahm dort einen
Weichspüler heraus und stellte die Produkte jedes
Mal wieder kopfschüttelnd und seufzend an ihren
Platz zurück. Sie verglich Megaperls mit Superkon-
zentrat, wog Farbverstärker gegen Weichmacher-
wirkstoffe ab, prüfte, überlegte, zögerte. Ihre Haare
zeigten schon die ersten grauen Strähnen und ihr
Gesicht die ersten Falten, aber noch immer konnte
sie sich nicht entscheiden. Immer kleiner wurde
ihre Figur zwischen den immer länger werdenden
Regalen, fast war sie schon in der Unschärfe verschwunden. Da kam eine Stimme aus dem Off, und,
wahrlich, die Stimme sprach: »Für Ihre Wäsche ist
Ihnen nur das Beste gut genug. Und wie steht es mit
Ihrer Seele? Wenn Sie auch hier auf blütenweiße
Sauberkeit Wert legen, dann sollten Sie mit uns reden. Eine katholische Kirche finden Sie auch ganz
in Ihrer Nähe.«

»Na?«, sagte der Teufel erwartungsvoll. »Da hat
sich meine hauseigene Werbeagentur doch wirklich
Mühe gegeben. Ja ja, wer kann, der Cannes. Kleiner
Branchenscherz. Ich verfüge natürlich auch über
die besten Leute. Aus irgendeinem Grunde landen

die Werber alle bei mir. Aber Sie sagen ja gar nichts, Herr Papst.«

Dem Papst hatte es die Sprache verschlagen. Auf seinem Bett sitzend, mitten zwischen Krümeln und kleinen Stückchen von kandierten Früchten, konnte er nur stöhnend den Kopf schütteln und abwehrende Bewegungen machen. Der Teufel schien ihn trotzdem zu verstehen.

»Sie sind von diesem Vorschlag noch nicht hundertprozentig überzeugt? Sie haben noch Zweifel? Überhaupt kein Problem. Meine Agentur legt größten Wert auf zufriedene Kunden. Deshalb haben wir auch von Anfang an mehrere Varianten ausgearbeitet.« Er drückte auf die Fernbedienung, und der nächste Werbespot lief an.

Zu einer Pop-Version von Händels *Halleluja* (interpretiert von den Regensburger Domspatzen) fuhr ein Auto durch eine wunderschöne Landschaft. Am Steuer saß ein glücklicher Vater, neben ihm eine glückliche Mutter, und auf dem Rücksitz strahlten sich zwei noch viel glücklichere Kinder in geschwisterlicher Liebe an. Unter schattige Baumkronen führte sie ihr Weg, über malerische Brücken und romantische Waldwege, vorbei an majestätischen Gipfeln und wieder zurück ans tiefblaue Meer, und immer schien die Sonne, die Vögel zwitscherten, und die Domspatzen jubilierten. Und schließlich sagte der glückliche Vater zur glücklichen Mutter: »Ist es nicht herrlich, in Urlaub zu fahren?« Da hörte die Sonne auf zu scheinen, die Vögel zu zwitschern und die Spatzen zu jubilieren, und ein Schriftzug sprang in Bild, auf dem stand: »Diese Familie fährt gar nicht in den Urlaub. Sie fährt zur Hölle. Denn sie hat vor der Abreise das Wichtigste vergessen: Beten.«

»Na?«, fragte der Teufel wieder. »In aller Bescheidenheit: Ist das nicht ein Hammer? Pretests mit einem repräsentativen Panel von Familien haben ergeben, dass bereits nach einmaligem Ansehen dieses Spots die Betfrequenz signifikant ansteigt. Wenn wir dann mit einer zweiten Kampagne nachpowern, die den Leuten einhämmert, dass die Wirksamkeit von Gebeten sich bei der Benutzung von katholischen Kirchen verdoppelt ... Wollten Sie etwas sagen, Herr Papst?«

Der Papst wollte. Aber er brachte keinen Ton heraus. Es war, als ob ein dicker Klumpen von Schwester Innocentias Christpannetone in seinem Hals festsäße und ihn am Reden hinderte. Der Teufel nickte verständnisvoll.

»Ich sehe schon, auch damit haben wir Ihren Geschmack noch nicht hundertprozentig getroffen. Sie sind wirklich kein einfacher Kunde. Aber es geht ja auch um einen Account, den ich besonders gern vertreten möchte. Ganz, ganz besonders gerne. Ich mache Ihnen noch einen andern Vorschlag.« Wieder betätigte er die Fernbedienung.

Zu moderner Musik (wenn ihm diese Dinge ein bisschen vertrauter gewesen wären, hätte der Papst hinter den Hip-Hop-Rhythmen vielleicht *Sympathy For The Devil* erkannt) unterhielten sich zwei männliche Teenager über die traurige Tatsache, dass sie wegen der Pickel in ihren Gesichtern bei den Mädchen einfach nicht landen konnten.

»Dabei wasche ich mein Gesicht doch jeden Tag mit Seife«, jammerte der eine.

»Und ich probiere eine Aknecreme nach der anderen aus«, klagte der andere, »und trotzdem …« Kleine gemalte Pfeile und ein blubberndes Geräusch unterstrichen die Tatsache, dass gerade wieder ein neuer Eiterherd auf seiner Stirne erblüht war.

Ein dritter Teenager kam dazu, fröhlich, sympathisch und ganz offensichtlich von kosmetischen Problemen total unbelastet. »Ich bin meine Akne losgeworden«, sagte er strahlend, »und zwar ein für alle Mal.«

»Wie hast du denn das gemacht? Mit Seife?«

»Nein.«

»Mit Creme?«

»Nein.«

»Wie denn dann?«

»Ich habe den Tipp ausprobiert, den mir mein Pfarrer gegeben hat: Weihwasser!« Die Arme um die Schultern seiner Freunde gelegt, führte er sie dem Licht und, wie man nach den jubelnden Akkorden auf dem Soundtrack annehmen durfte, der Erlösung entgegen.

»Na?«, fragte der Teufel zum dritten Mal. »Ist das gut, oder ist das gut? Und das Tollste an dem Konzept: Das Vertriebsnetz für das Produkt existiert schon fix und fertig! Wir müssen nur diese unhygienischen offenen Becken durch Verkaufsautomaten ersetzen. Und eine neue Verpackung muss natürlich her. Irgendetwas, das Lebensfreude, Bibelfestigkeit und Hygiene zugleich ausstrahlt. Und dann bringen wir regelmäßig Spezialprodukte auf den Markt. Weihwasser ›Lourdes‹ zum Beispiel, mit dem Wirkungsfaktor Plus für hartnäckige Fälle. Haben Sie das Kreuz als Markenzeichen eigentlich schon eintragen lassen?«

»Nein!«, schrie der Papst, der endlich seine Stimme wiedergefunden hatte. »Nein, nein und nochmals nein!«

»Ein schwere Unterlassungssünde, wenn ich mir den Ausdruck in Ihrer Gegenwart erlauben darf. Aber ich habe schon mal vorsorglich eine Liste der dringend zu schützenden Begriffe aufgestellt.«

Wieder flatterte ein Computerausdruck durch den Raum.

»Ich will davon nichts hören! Kein Wort will ich mehr hören! Ich wache jetzt auf! Sie haben Ihre Wette verloren! Ein für alle Mal verloren!«

Vor dem Fenster erhellte ein Wetterleuchten die Nacht wie himmlisches Gelächter. Der Teufel zuckte zusammen. Plötzlich sah er überhaupt nicht mehr aus wie der diensteifrige Chef einer Werbeagentur. Hörner wuchsen aus seiner Stirne, Feuer schoss aus seinen Nüstern und ein borstiger Schwanz sprengte den Hosenboden seines Hugo-Boss-Anzugs. »Das Spiel ist noch nicht zu Ende!«, hörte der Papst ihn von allen Seiten gleichzeitig kichern, und dann sah er gerade noch, wie die Fernbedienung auf ihn gerichtet wurde und schweflige Blitze aus ihr herausschossen, er fühlte, wie er von tausend Händen gepackt und in die Luft gewirbelt wurde, und dann schwebte er im Nichts, im schwarzen, höllischen, absoluten Nichts, und zwei Lichter rasten auf ihn zu wie ein doppelter Stern von Bethlehem, sie wurden größer und größer, und dann waren sie die Scheinwerfer des Ferraris, und der Teufel, in einer diskret grauen Chauffeursuniform, riss den Schlag vor ihm auf und fragte höflich: »Wollen Sie nicht einsteigen? Es tut mir wirklich leid, dass ich vorhin so ausgerastet bin.«

37

Diesmal fuhr der Teufel ganz langsam. Er respektierte Geschwindigkeitsbeschränkungen, hielt vor Stoppschildern an und bremste sogar einmal, als ein kleines Kind über die Straße rannte. Überhaupt machte er plötzlich einen sehr undämonischen, geradezu niedergeschlagenen Eindruck. Einmal, aber da war der Papst nicht ganz sicher, ob er es auch richtig gesehen hatte, wischte er sich sogar eine Träne aus dem Augenwinkel.

»Ich bringe Sie in den Vatikan zurück«, war das Erste, was er nach langem Schweigen sagte. »Bis in Ihr Schlafzimmer, wenn Sie wollen. Obwohl mir das nicht leichtfällt. Die vielen Kreuze, die dort überall hängen, tun mir gar nicht gut, in meinem geschwächten Zustand.«

»Soll das heißen: Sie geben auf?«

»Ja, ich gebe auf«, sagte der Teufel kleinlaut, und diesmal war es eindeutig eine Träne, die ihm über die Wange kullerte und dort zischend verdampfte. »Ich habe mal wieder den Kürzeren gezogen. Wie immer. Das Beste wird sein, ich ziehe mich in meine Unterwelt zurück und beschränke mich in Zukunft aufs Kohleschippen für die höllischen Feuer. Zu etwas anderem tauge ich ja doch nicht. Ich bin ein Versager, das sehe ich jetzt ein. Ein kompletter Versager.«

Der Papst hätte gerne etwas Tröstendes gesagt,

aber er fand nicht die richtigen Worte. In all den vielen Büchern, die er in seinem Leben studiert hatte, war nie der Fall vorgekommen, dass ein Papst den Herrn der Unterwelt hatte trösten müssen.

Der Teufel schniefte. »Jedes Mal geht mir das so. Jedes Mal trickst er mich aus. Dabei war es diesmal ein so schöner Plan! Ausgerechnet am Weihnachtstag den Papst verführen – das hätte sogar den Seraphim mit ihrer ewigen Singerei und Lobhudelei die Stimme verschlagen. Aber nein, es durfte ja nicht sein. Mir gönnt keiner was. Keiner. Wenn ich nicht unsterblich wäre, würde ich mich am liebsten umbringen.«

»Nehmen Sie es sich nicht so zu Herzen«, sagte der Papst.

»Ich habe kein Herz. Nur einen Eisklumpen, den ich mit meinem heißesten Feuer nicht wegschmelzen kann. Und dabei möchte ich mich doch so gerne …« Die Stimme des Teufels brach, und das letzte Wort flüsterte er nur noch. »Und dabei möchte ich mich doch so gerne bessern.«

Der Papst horchte auf. »Bessern?«

Der Teufel hob drei Finger zum Schwur. Einen Moment lang sah es so aus, als ob seine Hand überhaupt nur drei Finger hätte. »So wahr ich der Herr der Lüge bin!«

Was sollte der Papst tun? Einerseits war dem Teufel nicht zu trauen. Aber andererseits – durfte ausgerechnet er einen reuigen Sünder abweisen? Durfte er die Chance aufs Spiel setzen, Satan höchstpersönlich auf den steinigen Pfad der Tugend zu geleiten? Durfte er auf eine Bekehrung verzichten, die nicht nur den Lauf der Weltgeschichte verändern, sondern ihm selber einen Ehrenplatz im Heiligenkalender und vielleicht sogar einen eigenen Feiertag sichern würde?

»Mein Sohn …«, setzte der Papst an. Der Teufel räkelte sich unter dem freundlichen Tonfall so wohlig wie ein Schoßhund, der hinter den Ohren gekrault wird. »Mein Sohn, wenn du wirklich den Weg der Besserung gehen willst …«

»Ich will! Ich will!«

»… dann musst du deine Absicht nicht mit Worten, sondern mit Taten beweisen.«

»Aber das versuche ich doch schon die ganze Zeit! Ich habe es bloß falsch angefangen. *Mea culpa, mea maxima culpa!* Aber meine Absicht ist rein.« Er bremste und ließ mit höflicher Geste einer schwarzen Katze, die von links den Weg kreuzte, den Vortritt. »Alles, was ich mir ausgedacht habe, sollte doch nur die Kirche in ihrem Kampf gegen das Böse unterstützen.«

»Mit moralisch verwerflichen Mitteln«, sagte der Papst streng.

Der Teufel zuckte die Achseln. »Meine alte, höllische Natur kommt mir halt immer mal wieder in die Quere. Aber ich hätte da noch einen letzten Vorschlag zu machen, der ohne die geringste Veränderung Ihrer Prinzipien neues Geld in die Kirchenkassen bringen könnte.«

»Geld ist nicht alles.«

»Natürlich nicht. Selbstverständlich nicht. Aber es hilft. Vor allem, wenn man bedenkt, dass der Peterspfennig jedes Jahr weniger Erträge einbringt. Ich habe da einen Computerausdruck …«

»Nicht nötig«, sagte der Papst schnell. »Ich glaube Ihnen.«

»Sie glauben mir? Oh, welch unverdientes Glück! Welche wahrhaft christliche Güte!«

»Schon gut.« Der Papst war über so viel Dankbarkeit richtig verlegen.

»Dann erlauben Sie mir also auch, dass ich Ihnen meinen bescheidenen Vorschlag unterbreite?«

»Na schön«, sagte der Papst, und schon befanden sie sich nicht mehr im Auto, sondern in einem Sitzungsraum, wo der Teufel gerade eine erste Folie in den Overhead-Projektor schob.

»Wenn wir uns die Statistiken über die vatikanische Finanzstruktur näher betrachten« – er markierte eine Zahl mit Leuchtstift –, »dann fällt sofort auf, dass das Spendenaufkommen in den letzten

Jahren markant gesunken ist. Bedrohlich gesunken, würde ich sogar sagen. Wie soll die Kirche aber alle ihre so notwendigen und segensreichen Aufgaben erfüllen, wenn ihr ihre Gläubigen nicht die Mittel dazu geben?«

Der Teufel hatte – und der Papst staunte, dass er nicht darüber staunte – wortwörtlich dasselbe gesagt wie der Kardinal-Staatssekretär bei der letzten Budgetbesprechung. Aber im Gegensatz zum Kardinal hatte er eine Lösung anzubieten.

»Mit Einzelspenden kommen wir nicht weiter. Der Klingelbeutel ist nur schon rein technisch gesehen passé. Und es ist einer so erhabenen Institution wie der Kirche einfach nicht würdig, Einzahlungsschein für Einzahlungsschein gegen Greenpeace oder Amnesty International anzutreten.«

»Aber wie sollen wir dann …?«

»Sponsoring«, sagte der Teufel und legte eine neue Folie ein, auf der die Kurve der Einnahmen steil nach oben zeigte. »Früher haben Kaiser und Könige der Kirche ihre Güter vermacht und sind dafür in den Himmel gekommen. Warum sollen das heute Procter & Gamble oder die Volkswagenwerke nicht auch tun dürfen?«

»Und was wollen die dafür haben?«

»Nichts. Überhaupt nichts. Nur erwähnt wollen sie sein. Klein und bescheiden, so wie in alten Zei-

ten der Stifter eines Altarbildes unter den anbeten-
den Hirten seine Gesichtszüge verewigen ließ. Ich
habe hier einen Vertrag vorbereitet, in dem das alles
im Kleingedruckten festgehalten ist.«

Der Papst dachte nach, und je länger er nach-
dachte, desto weniger konnte er am Vorschlag des
Teufels etwas Böses finden. Wenn große Firmen
etwas für ihr korporatives Seelenheil tun wollten,
was war dagegen einzuwenden? Und wenn sie, diskret und im Hintergrund, ihren Namen im Zusammenhang mit ihren guten Werken genannt haben
wollten, wer konnte etwas dagegen haben?

Und so ergriff er schließlich die Feder, die ihm
der Teufel reichte – sie war hinterrücks aus einem
Engelsflügel gerupft, aber das sah man ihr nicht
an –, schob das Pergament zurecht, das ihm der
Teufel hingelegt hatte – ohne zu bemerken, dass es
gar kein Pergament war, sondern die Haut des Esels,
auf dem der Herr damals nach Jerusalem geritten
war –, und setzte seinen Namen unter den Vertrag.

Die Hölle brach los.

Hunderttausend kichernde Teufelchen verdun-
kelten mit ihren Fledermausflügeln den Himmel,
hunderttausend sabbernde Dämonen fraßen
schmatzend die Sterne vom Firmament, und der
Satan höchstpersönlich lachte und lachte und
lachte.

Und, siehe, in den Kirchen der Welt verkündeten die Pfarrer hinfort von den Kanzeln: »Die Zehn Gebote wurden Ihnen präsentiert durch Krombacher Pils.« In den Kapellen hingen große Schilder über den Altären, auf denen stand: »Viel Erbauung wünscht Ihnen Beate Uhse.« In den Kathedralen sangen die Chorknaben ihre Motetten zur Melodie von ›Haribo macht Kinder froh‹, und in den Basiliken duftete der Weihrauch nach den Fischstäbchen von Käpt'n Iglu. Jeder Kreuzweg warb für Wanderschuhe, jedes Christophorus-Bild für den Automobil-Club.

Und was noch viel schlimmer war: Im Kleingedruckten, in jenen Details, in denen bekanntlich der Teufel steckt, hatte der Heilige Vater noch ganz anderen Dingen zugestimmt. Aus ›Amen‹ wurde ›Ariel‹, der Fiat in ›Fiat voluntas tua‹ wurde durch einen Opel ersetzt, und statt ›Halleluja‹ rief die Christenheit in Zukunft ›Coca-Cola‹.

Der Satan lachte, die Dämonen grinsten, und die kleinen Teufelchen konnten sich gar nicht mehr einkriegen. Die himmlischen Heerscharen aber verhüllten ihre Häupter und weinten gar bitterlich.

Und der Papst? Er hörte eine dumpfe Glocke erklingen, zweifellos jene Glocke, die ihn, gesponsert vom Verband der Raiffeisenbanken, zum Jüngsten Gericht rief, jene Glocke, die ihn, mit freundlicher

Unterstützung der Arbeitsgemeinschaft deutscher Spielbanken, zur Rechenschaft befahl, jene Glocke, die ihm – »Für das Beste im Mann!« – die ewige Verdammnis ankündigte. Aber als er näher hinhörte, da war es gar keine Glocke mehr, sondern eine Klingel, sein Wecker schrillte und schrillte, und als er die Augen aufschlug, sah er zuerst einen leergegessenen Teller voller Kuchenkrümel, sah dann den Hausaltar mit der fast echten Michelangelo-Madonna, sah die aufgeschlagene alte Bibel auf dem Brüsseler Spitzentuch, sah das Kruzifix und den heiligen Antonius, und dann schlug jemand die schweren Samtvorhänge zurück, und das Sonnenlicht flutete ins Zimmer, und da stand auch Schwester Innocentia, die liebe, gute Schwester Innocentia mit ihrem gütigen Lächeln und ihrem kleinen Schnurrbart, und wie jeden Morgen hielt sie eine duftende Tasse Kaffee bereit, neben der zur Feier des Weihnachtstages ein großes Stück von ihrem unwiderstehlichen Dresdener Christpannetone lag.

Da atmete der Papst tief auf, und mit einem geradezu überirdischen Lächeln sagte er: »Es war alles nur ein Traum! Der Herr sei gesegnet! Halleluja!«

Und Schwester Innocentia lächelte zurück, bekreuzigte sich und antwortete: »Coca-Cola!«

Der liebe Gott
beim Ortstermin

Als unten auf der Erde, wie es leider öfter vorkam, mal wieder alles aus dem Ruder lief, kam Gott in seiner unendlichen Weisheit zum Schluss, das ganze Schlamassel könne nur deshalb entstanden sein, weil sich die Menschen nicht an die detaillierten Anweisungen hielten, die er doch in diversen heiligen Schriften so exakt formuliert hatte.

Vielleicht, dachte er, war das mit dem freien Willen doch nicht so eine gute Idee gewesen. Aber das konnte er natürlich nicht öffentlich zugeben, erstens weil er den Ruf zu verteidigen hatte, per Definition keine Fehler zu machen, und zweitens weil er dem Teufel, der dieses Feature schon immer als »Sollbruchstelle im menschlichen Charakter« bezeichnet hatte, nicht schon wieder Anlass zur Besserwisserei geben wollte. Die Sache mit den Sauriern, die sich, genau wie Satan das vorausgesagt hatte, nicht als nachhaltig erwiesen hatten, war unangenehm genug gewesen.

Wegen der aktuellen Zustände auf der Erde musste er sich bei seinen regelmäßigen Treffen mit dem Teufel ohnehin schon jede Menge böse Sprüche anhören. (Im Gegensatz zu einem weit verbreiteten Irrtum hat Satan nach seinem erzwungenen Rücktritt aus dem himmlischen Verwaltungsrat nur die Geschäftsräume seines vom Gesamtkonzern abgespaltenen Betriebes in den Untergrund verlegt, den bequemen elysischen Wohnsitz aber beibehalten, wie das wohl auch in Ungnade geratene Kardinäle im Vatikan zu tun pflegen.)

»Lang wird dieser zusammengebastelte Planet ohnehin nicht mehr halten«, sagte der Teufel. »Allein schon die unaufhaltsam steigende Temperatur muss früher oder später zur Katastrophe führen. Und die Menschen nehmen es einfach nicht zur Kenntnis. Was mich schon sehr an die Methode erinnert, durch ganz allmähliches Erwärmen einen Frosch zu kochen, ohne dass er aus der Pfanne springt. Sie werden sich bestimmt erinnern«, fügte er wie nebenher hinzu und schenkte sich das nächste Gläschen Ambrosia ein, obwohl er für so schwächliche Drinks eigentlich nichts übrighatte, »es wird Ihnen sicherlich nicht ganz entfallen sein, dass ich damals in der Konstruktionsphase dringend zum Einbau eines Thermostaten geraten habe.«

Das ist der Nachteil der Allwissenheit: Man kann nicht behaupten, etwas vergessen zu haben.

»Ich sage es nicht gern«, fuhr der Teufel fort – was eine Lüge war, denn er sagte es mit großem

Vergnügen –, »*but I told you so.*« Von den zahllosen Werbetextern, die die Lügnerabteilung der Hölle bevölkerten, hatte er die Gewohnheit übernommen, Sätze, die ihm besonders wichtig erschienen, auf Englisch zu formulieren.

»Die Menschen werden gegen die Erderwärmung schon noch etwas erfinden«, sagte Gott, klang aber, wenn man genau hinhörte, nicht ganz so überzeugt, wie man es vom Allmächtigen eigentlich hätte erwarten können.

»So wie sie etwas gegen den Hunger erfunden haben? Und gegen den drohenden Atomkrieg?« Der Teufel hatte, wie es zu seinem Berufsprofil gehörte, zahllose schlechte Eigenschaften, aber eine der unangenehmsten, fand Gott, war sein Hang zur Rechthaberei.

»Wir dürfen nicht vergessen«, sagte er schnell, »dass sich das Projekt Terra immer noch in der Betaphase befindet.«

»Ja ja, *ora et labora.* Beta und arbeite.« Der Teufel, das machte ihn für anständige Himmelsbewohner besonders abstoßend, hatte auch einen Hang zu ganz fürchterlichen Kalauern, die er beim Foltern von sündigen Deutschlehrern gern zur Verstärkung ihrer Qualen einsetzte.

»Kriege führen die Menschen auf jeden Fall schon sehr viel weniger als noch im Mittelalter.«

Statt einer Antwort summte der Teufel eine Melodie vor sich hin, in der Gott die ukrainische Nationalhymne erkannte.

Ob diese rundum unerfreuliche Diskussion der Grund für seinen Entschluss war, oder ob Gott einfach Lust hatte, endlich mal wieder im Sinne eines Hands-on-Managements tätig zu werden, wird sich nie mit Sicherheit feststellen lassen; die Wege des Herrn sind bekanntlich unergründlich. Fest steht nur, dass er beschloss, in Sachen Verwaltung des Universums ein Sabbatical zu nehmen und die aus dem Ruder gelaufene menschliche Gesellschaft bei einem Ortstermin höchstpersönlich wieder auf Kurs zu bringen.

»Ich werde Ihnen bei diesem Experiment gern zusehen«, sagte der Teufel und konnte sich nur mühsam ein Kichern verkneifen. »Und falls Sie es einmal als notwendig erachten sollten, werde ich mich selbstverständlich auch gern unterstützend einschalten.«

»Eine solche Notwendigkeit wird es nicht geben«, sagte Gott streng. Zum Glück schrieb er diesen Satz in keine seiner Offenbarungen, sonst hätten Generationen von Theologen, wie es ihr Beruf verlangt, nach einer Begründung dafür suchen müssen, warum die nicht eingetroffene Voraussage in einem höheren Sinn eben doch eingetroffen sei.

Die erste Schwierigkeit entstand dadurch, dass im Himmel im Rahmen einer der regelmäßigen Modernisierungskampagnen die traditionelle Geschlechtslosigkeit abgeschafft und eine erste Erzengelin, Gabriela mit Namen, ins Amt eingesetzt worden war. Sie bekam den Auftrag, mithilfe ihrer weiblichen Intuition einen Körper und ein Gesicht auszusuchen, in denen sich Gott bei seinem Abstecher zur Erde auf möglichst sympathische Weise inkarnieren konnte. Vielleicht – aber im Rückblick lässt sich das leicht sagen – wäre es besser gewesen, diese Aufgabe einem dienstälteren und vor allem: einem männlichen Kollegen zu übertragen.

Rein zufällig und ohne jede Bedeutung für den weiteren Verlauf des Geschehens betrat Gott die Erde vor dem Aldi-Markt in Eckernförde. Er tat dies festen Schrittes, denn mit der Fähigkeit, als Geistwesen einen Körper zu bewegen, ist es wie mit dem Fahrradfahren: Wenn man es einmal gekonnt hat, verlernt man es nicht mehr.

Er hatte gerade begonnen, das Gefühl, Boden unter den Füßen zu haben, zu genießen, als eine Frau – »Johanna Schneider, 43, geschieden« meldete seine Allwissenheit – auf ihn zustürmte und sich vor ihm auf die Knie warf. Sie küsste den Saum seines Gewandes, das im konkreten Fall eine hüftbetonende Flanellhose war, und stammelte: »Du bist es! Du bist es!« Dabei ging ihr Atem so schwer, als würde sie die Orgasmen eines ganzen Jahres auf einmal erleben.

Trotz seiner Allgüte reagierte Gott ein bisschen ärgerlich auf die unverhoffte Ansprache. Er hatte gehofft, zumindest für den Anfang seiner selbstgewählten Mission anonym bleiben zu können. »Du hast mich also erkannt?«, fragte er nicht sehr freundlich.

»Auf den ersten Blick«, sagte Frau Schneider. »Schließlich hängt dein Bild über meinem Bett.«

Gott war mit den Devotionalienbildchen, auf denen er immer als alter, weißbärtiger Mann abgebildet wurde, noch nie wirklich glücklich gewesen. Die Plattheit eines Vierfarbendrucks brachte, wie er fand, die Multidimensionalität seines Wesens nicht ausreichend zur Geltung.

»Jeden Abend küsse ich dein Bild«, sagte die Frau, »und wenn ich am Morgen aufwache, küsse ich es wieder.«

»Nett von dir«, sagte Gott und beschloss, die ungeplante Begegnung zumindest für ein bisschen Feldforschung zu nutzen. Die pausenlosen Lobgesänge seiner Heerscharen, deren Texte er ja selber verfasst hatte, kannte er zur Genüge. Hier bot sich ihm die Gelegenheit zu erfahren, was die Frau auf der Straße, in diesem Fall Frau Schneider aus

Eckernförde, von ihm hielt. »Welche meiner Eigenschaften erscheinen dir denn besonders verehrungswürdig?«

»Alle!«, sagte die Frau und schien in ihrer Begeisterung schon dem nächsten Orgasmus entgegenzukeuchen. »Du bist der Schönste, Beste, Klügste, Unwiderstehlichste …«

»Ich weiß, ich weiß.« Das waren alles bekannte Fakten, und er hatte doch gehofft, hier, gewissermaßen im direkten Kontakt mit der Kundschaft, etwas Neues zu erfahren. Außerdem, und um das zu wissen brauchte es keine besonderen Fähigkeiten, wusste er aus mehrtausendjähriger Erfahrung, dass auf Lobeshymnen immer Bitten zu folgen pflegten.

In dieser Hinsicht war die Frau nicht anders als all seine anderen Bewunderer in ihren Kirchen, Pagoden und Moscheen. »Ich habe eine ganz große Bitte an dich«, stammelte sie.

»Hab ich mir schon gedacht«, sagte Gott. »Was soll's denn sein? Gesundheit? Reichtum? Liebe?«

»Etwas viel Wertvolleres«, sagte die Frau. »Kann ich bitte ein Autogramm von dir haben?«

»Ein Autogramm?«

»Du kannst es direkt hier auf meine Hand schreiben, und ich verspreche bei allem, was mir heilig ist …«

»Also bei mir«, dachte Gott.

»… ich werde sie nie mehr waschen.«

Es kam Gott vor, als ob er von ganz weit weg den Teufel kichern hörte. Denn jetzt steckte er, wie es dem Allmächtigen nur in menschlicher Gestalt passieren kann, in einem doppelten Dilemma. Erstens wäre ein Autogramm von seiner Hand eine weitere Heilige Schrift gewesen, und von denen gab es schon zu viele, und zweitens hatte es Erzengelin Gabriela versäumt, ihm zu dem menschlichen Körper auch einen entsprechenden Namen mitzuliefern.

»Ich soll auf deine Hand …?«

»Ja, bitte! Nichts würde mich glücklicher machen als ein Autogramm von dir, oh du mein geliebter George Clooney!«

Clooney? Hatte ihre Anbetung etwa gar nicht ihm gegolten?

Es war nicht die Art des feinen Mannes oder, in diesem Fall, des feinen Gottes, sich auf diese Art aus der Affäre zu ziehen, aber auf die Schnelle fiel ihm keine bessere Lösung ein. Er ließ – die Methode hatte sich bei Menschen in religiöser Verzückung noch immer bewährt – Frau Schneider in eine ekstatische Ohnmacht fallen und pflanzte in ihren Kopf gleichzeitig die Erinnerung, sie habe vom Objekt ihrer Verehrung zwar kein Autogramm bekommen, sei aber dafür von ihm geküsst worden. Worauf er sich, was er während seines Aufenthalts auf dem Planeten Terra eigentlich nicht hatte tun wollen, zunächst einmal in die Unsichtbarkeit rettete.

Allwissenheit ist noch besser als Google. Nach einem unmessbar kurzen Moment wusste Gott nicht nur, wer dieser George Clooney war, sondern auch, dass es, zumindest nach irdischen Maßstäben, durchaus ein Kompliment bedeutete, mit ihm verwechselt zu werden. Aus der Flut der Informationen – ein Emmy, zwei Oscars, drei Golden Globes – stach ein Termin hervor: Der Filmstar wurde genau in diesem Moment ganz dringend auf der anderen Seite des Planeten erwartet. »Da wird mir wohl nichts anderes übrigbleiben, als dort zu erscheinen«, dachte Gott. »Sein Fehlen könnte unliebsames Aufsehen erregen.«

Nun war aber leider Erzengelin Gabriela erst ein paar Jahre auf ihrem Posten und mit den himmlischen Dienstvorschriften noch nicht vollständig vertraut. Sie hatte es versäumt, das zu tun, was im Handbuch für Erdbesuche eindeutig vorgeschrieben war, nämlich den Mann, nach dessen Vorbild sie den bestellten Menschenkörper modelliert hatte, für die Dauer des göttlichen Ortstermins aus dem Verkehr zu ziehen. Und so kam es bei der Oscar-Verleihung zu einem aufsehenerregenden Zwischenfall, als beim Aufmarsch der Stars gleichzeitig zwei völlig identische George Clooneys auf dem roten Teppich auftauchten. Sämtliche Kameras zoomten auf diese Zwillingserscheinung, die Blitzlichter der Kameras imitierten ein tropisches Gewitter, und die Fernsehkommentatoren begannen lauter zu schreien als bei einem matchentscheidenden Tor der eigenen Nationalmannschaft.

Schon zum zweiten Mal an diesem Tag blieb Gott nichts anderes übrig, als unsichtbar zu werden. Um sich von den Aufregungen dieses Tages zu erholen, beschloss er außerdem, sich vorübergehend wieder in den Himmel zurückzuziehen.

Der Teufel begrüßte ihn ziemlich beschwipst. Er hatte die Abwesenheit des Hausherrn – die paar Minuten auf der Erde waren im Himmel mehrere Ewigkeiten gewesen – dazu benutzt, den Alkoholgehalt des im Direktionsseparee ausgeschenkten Ambrosia heimlich auf hundertfünfzig Prozent zu erhöhen. (Im Himmel, wo man an die Regeln der irdischen Mathematik nicht gebunden ist, stellt so etwas kein Problem dar.)

»Na«, sagte der Teufel und schwankte ein bisschen, »hatten Sie einen schönen Ausflug? Alle Probleme der Menschheit gelöst?«

»Ich bin noch nicht dazu gekommen«, sagte

Gott und schenkte sich seinerseits ein Gläschen ein. »Ich wurde …«

An dieser Stelle unterbrach ihn ein durch die höllische Stärke seines Getränks verursachter Hustenanfall. Das war nur schon deshalb außergewöhnlich, weil Gott ja den menschlichen Körper wieder abgelegt hatte und deshalb gar nicht mehr über die entsprechenden Organe für einen solchen Reflex verfügte. Schnell reduzierte er, sehr zur Enttäuschung des Teufels, den ambrosianischen Alkoholgehalt wieder und beendete, nachdem er eine Schäfchenwolke als Taschentuch benutzt hatte, endlich den begonnenen Satz. »Ich wurde leider abgelenkt«, sagte er.

»Ich weiß.« Der Teufel kicherte auf besonders dämonische Art. »Ich habe zugesehen. Und wir haben die Szene auf allen Kanälen übertragen.«

Es stellte sich heraus, dass Satan die Abwesenheit Gottes benutzt hatte, um in den himmlischen Gefilden eine der teuflischsten seiner Erfindungen, nämlich das Fernsehen, einzuführen. Selbstverständlich machte Gott die Neuerung mit einer handlosen Handbewegung auf der Stelle rückgängig, und zwar so gründlich, dass sämtliche Paradiesbewohner auf der Stelle vergaßen, dass sie einmal Sendungen wie »Ich bin ein Cherub, holt mich hier raus« gesehen hatten. Gerne hätte Gott auch bei den Menschen im Bezug auf den peinlichen Doppelauftritt auf dem roten Teppich eine solche allgemeine Vergesslichkeit angeordnet, aber nach der Spielregel, die er damals im Zusammenhang mit dem Baum der Erkenntnis selber eingeführt hatte, war das nicht so einfach möglich.

»Wie könnte ich …?«, begann er. Der Teufel, der berufsbedingt ein hervorragender Gedankenleser ist, beantwortete die Frage, noch bevor sie fertig gestellt war.

»Nehmen Sie es mir nicht übel«, sagte der Teufel, »aber Sie können überhaupt nicht. Sie haben sich ja selber zur absoluten Ehrlichkeit verdammt. Was ich, wenn ich daran erinnern darf, schon immer für einen handwerklichen Fehler gehalten habe. Aber zum Glück haben Sie zur Lösung solcher Probleme ja tüchtige Mitarbeiter.« Er hätte beinahe »Kollegen« gesagt, aber er wusste, dass Gott das Verhältnis zwischen ihnen nicht gerne so beschrieben sah. Unerwünschte Vertraulichkeit war einer der Gründe gewesen, warum er damals auf seinen Sitz im himmlischen Verwaltungsrat hatte verzichten müssen, »um sich neuen Herausforderungen zu widmen«, wie es im offiziellen Communiqué geheißen hatte.

»Sie meinen, Sie könnten …?«

»Meistens fällt mir etwas ein«, sagte der Teufel,

»wenn auch die Schwachheit dieses Getränks der Aktivität meiner kleinen grauen Zellen nicht wirklich förderlich ist.«

An diesem Satz wäre einiges zu korrigieren gewesen, da der Teufel als ungeistiges Wesen über keinerlei Zellen, egal welcher Farbe, verfügte. Aber da Gott etwas von seinem früheren Mitarbeiter wollte, schien es ihm in seiner göttlichen Weisheit nicht angebracht, in solchen Dingen allzu kleinlich zu sein. »Wenn Sie die Sache mit dem doppelten Clooney aus der Welt schaffen könnten …«, begann er.

»Aus der Welt, das ist immer schwierig«, unterbrach ihn der Teufel. »Aber aus den Köpfen – das geht immer. Ich habe da in meiner Lügnerabteilung einen Regierungssprecher, der hat im Lauf seiner Karriere mehr Parteien gedient, als es in seinem Land überhaupt gibt. Der Mann hat jede Menge Erfahrung im Vergessen und vor allem im Vergessenlassen. Ich werde mal mit ihm reden.«

»Und Sie meinen, er würde …« Es fiel Gott auf, dass er in lauter unfertigen Sätzen sprach, und er beschloss, sich das so schnell wie möglich wieder abzugewöhnen. In einer Offenbarung, falls er mal wieder eine erlassen wollte, würden sich solche Unsicherheiten schlecht machen.

»Er ist Vorschlägen bestimmt zugänglich«, sagte

der Teufel. »Weil er nämlich den ganzen Tag vor Schmerzen schreit wie am Spieß. Was man gut verstehen kann, weil er ja auch tatsächlich an einem Spieß steckt.« Aus Freude über den eigenen Witz – oder vielleicht lag es ja auch am hochprozentigen Ambrosia – wollte sich Satan vor Lachen ausschütten, was, weil er das ganz wörtlich tat, ein sehr unästhetischer Anblick war. Schließlich fing er sich wieder und sprach weiter. »Wenn ich dem verspreche, die Temperatur unter seinem Grillspieß ein paar Grad zu senken, macht er alles für mich.«

Und so kam es, dass die Presseabteilung von Nespresso auf Twitter bekanntgab, der Auftritt des doppelten Clooneys sei Bestandteil einer Werbekampagne für ihre neuen Kaffeekapseln gewesen, die doppelt recyclierbar und damit auch doppelt umweltschonend seien. Zwar hatte niemand bei Nespresso diesen Tweet verschickt, aber da die Verkaufszahlen in der Folge erfreulich anstiegen, gab man auch gleich einen entsprechenden Werbespot für die Halbzeit der Super Bowl in Auftrag.

Um das leidige Thema endgültig aus den Köpfen der Menschen zu vertreiben, verbreitete der Teufel auf Anraten des ehemaligen Regierungssprechers aus der Lügnerabteilung zusätzlich ein zweites Gerücht, des Inhalts, Prinz Harry habe eine geheime Affäre mit Kim Kardashian. Da interessierte sich natürlich niemand mehr für einen doppelten Clooney.

Obwohl Gott, was bei seiner Stellung als Schöpfer der Welt durchaus verständlich war, im Allgemeinen nicht zur Selbstkritik neigte, kam er zum Schluss, dass er den Versuch, auf der Erde wieder moralische Grundsätze einzuführen, vielleicht auf eine nicht ganz perfekte Art und Weise in Angriff genommen hatte. Seinen nächsten Versuch, beschloss er, wollte er nicht allein, sondern gemeinsam mit moralisch besonders hochstehenden Specimen von Homo sapiens unternehmen.

Zu diesem Zweck bestellte er also den nächsten menschlichen Körper, diesmal nicht bei der unerfahrenen Gabriela, sondern beim zuverlässigen, aber immer auch ein bisschen langweiligen Erzengel Metatron, bei dem er sicher sein konnte, dass ein von ihm gestaltetes Äußeres ganz bestimmt nichts Auffälliges an sich haben würde.

Für seinen Ortstermin hatte er diesmal einen internationalen ökumenischen Kongress ausgesucht, der unter dem Motto »Friede auf Erden« stand und an dem Geistliche der verschiedensten Konfessionen sich mit der Frage befassen wollten, wie mehr Toleranz und gegenseitiges Verständnis zu erreichen sei. In einem solchen Forum, dachte Gott, würden sich Missverständnisse betreffend der Deutung seiner verschiedenen Offenbarungen am ehesten ausräumen lassen.

Mit einem vom Teufel besorgten Teilnehmerausweis ausgestattet – die Hölle verfügt über eine eigene Abteilung für Fälscher –, betrat Gott den großen Saal des Kongresszentrums, wo gerade jemand eine nicht enden wollende Ansprache hielt. Obwohl sie viele wohlklingende Worte enthielt, schien die Rede völlig inhaltslos zu sein, aber Gott führte das darauf zurück, dass er schon lang keinen direkten Kontakt mehr mit Menschen gehabt hatte und sich erst wieder an ihre komplizierte Art, sich auszudrücken, gewöhnen musste.

Der Mann auf dem Stuhl neben ihm, schwarz gekleidet wie die meisten Teilnehmer der Veranstaltung, hatte die Augen geschlossen, vielleicht, um sich besser auf den Redner zu konzentrieren, möglicherweise aber auch, weil er ganz einfach eingeschlafen war. Gott stupste ihn mit dem Ellenbogen an – ein interessantes Gefühl, wenn man nur selten einen Körper benutzt hat – und fragte: »Wie gefällt Ihnen der Kongress?«

»Wunderbar«, sagte der Mann, »ganz wunderbar. Es ist doch immer wieder wohltuend, daran erinnert zu werden, dass alle Religionen absolut gleichwertig sind. Außer die Muslime natürlich, das sind alles Mörder und Selbstmordattentäter.«

Gott, der den Koran in himmlischer Autoreneitelkeit für eines seiner besten Bücher hielt, hätte da einiges einzuwenden gehabt, aber er beschloss, sich vorläufig auf keine Diskussionen einzulassen, sondern zunächst einmal weitere Meinungen einzuholen. Zu diesem Zweck suchte er sich einen Platz neben einem Mann, der an seinem Kostüm als Mullah zu erkennen war, und fragte ihn, was er von der Gleichwertigkeit aller Religionen halte.

»Das ist nicht mehr als eine Selbstverständlichkeit«, sagte der Mullah. »Natürlich ist keine Glaubensgemeinschaft weniger wert als die anderen. Außer den Juden natürlich, das sind alles Kinder Satans.«

Auch hier hätte Gott gern widersprochen. Er kannte den Satan seit vielen Millennien, und der hatte, soweit er wusste, nur schon aus Ermangelung eines entsprechenden Körperteils, nie Nachwuchs gezeugt. Er gab deshalb nur einen unverbindlichen Laut von sich, den man sowohl als Zustimmung wie als Kritik deuten konnte, und machte sich auf die Suche nach einem neuen Gesprächspartner. Genauer gesagt: nach einer Gesprächspartnerin, denn es schien ihm wichtig zu sein, bei seiner kleinen Umfrage auch die weibliche Perspektive zu berücksichtigen. Leider musste er feststellen, dass sich im ganzen Saal nur drei weibliche Personen befanden,

und die waren keine eigentlichen Kongressteilneh-
merinnen, sondern schenkten an der Bar die Ge-
tränke aus.

Nur ganz nebenbei: Dass die auf Englisch ab-
gefasste Getränkeliste mit »Spirits« überschrieben
war, schien dem Herrgott im Hinblick auf andere
Übersetzungen dieses Wortes recht unpassend zu
sein, vor allem in diesem Rahmen.

Aber noch unerfreulicher war es, feststellen zu
müssen, dass sämtliche Religionen fest in der Hand
von Männern zu sein schienen. »So habe ich das
in meinen Offenbarungen nicht gemeint«, dachte
Gott, »da besteht ausgesprochener Handlungsbe-
darf.« Dass die Frau dem Mann untertan sein sollte,
hatte er schließlich nicht selber geschrieben. Der
Satz stammte von diesem Paulus, der beim Verfas-
sen von Briefen schon immer zu Eigenmächtigkei-
ten geneigt hatte. Gott beschloss, auch dieses Problem auf später zu verschieben, und wollte sich
gerade neben einen bärtigen Rabbiner setzen, als in
einem anderen Teil des Saales lautstarke Unruhe
ausbrach. Die Anwesenden sprangen auf oder stell-
ten sich sogar, um besser zu sehen, auf ihre Stühle.
Zum Glück musste Gott, der immer alles sieht,
nicht zu solchen Methoden greifen.

Passiert war Folgendes: Ein hinduistischer Priester und ein buddhistischer Mönch wären sich nach

einer heftigen Diskussion über die Göttlichkeit der Göttlichkeit beinahe in die Haare geraten, was nur daran scheiterte, dass der Mönch kahlrasiert war. Vertreter anderer Religionen mischten sich in den Disput ein, und die Prügelei weitete sich immer weiter aus. Als Waffen benutzte man, was gerade zur Hand war, haute sich dicke Bibelkommentare über die Schädel oder versuchte sich mit Gebetsfahnen zu erwürgen. Und das, obwohl kaum einer der Teilnehmer an diesem Religionskrieg so richtig wusste, um welche dogmatischen Feinheiten hier gestritten wurde.

Gott befahl Ruhe, tat das sogar mit der besonders mächtigen Stimme, die damals am Berg Sinai so wirkungsvoll gewesen war, aber da alle Anwesenden der Meinung waren, jemand müsse sich des Mikrofons bemächtigt haben und der Ruf komme über die Verstärkeranlage, machte niemand Anstalten, dem Befehl zu folgen. Um sich endlich Gehör zu verschaffen, beschloss Gott deshalb, ein Wunder zu tun. Es fragte sich nur, welches Kunststück aus seinem Repertoire hier am wirkungsvollsten sein würde.

Er dachte kurz an den Schwefelregen von Sodom und Gomorrha, zog auch eine Verwandlung der Streithähne in Salzsäulen in Betracht, entschied sich dann aber für einen Klassiker: den brennenden Dornbusch. Die plötzlich auflodernden Flammen hatten auch durchaus eine Wirkung, allerdings nicht die von Gott erwünschte. Ein Sicherheitskommando, das, wie in der letzten Zeit bei allen größeren religiösen Veranstaltungen üblich, draußen gewartet hatte, stürmte mit Tränengas und Schlagstöcken in den Saal, und etliche der anwesenden Mönche tauschten an diesem Tag ihre bescheidene Zelle im Kloster gegen eine noch bescheidenere im Polizeipräsidium.

Gott selbst entzog sich einer Verhaftung durch taktisch geschicktes Unsichtbarwerden. Bald darauf exkarnierte er sich im himmlischen Direktionsseparee und verlangte gebieterisch nach einem großen Glas Ambrosia.

»Sie brauchen etwas Stärkeres, scheint mir«, meinte der Teufel und reichte ihm ein Glas seines berüchtigten Höllenbrandes. Gott leerte es auf einen Zug, schüttelte sich – was ohne einen Körper gar nicht so einfach ist – und streckte Satan das leere Glas wieder hin.

»Friede auf Erden, was?«, sagte der Teufel, der sich eine Besserwisserei noch nie hatte verkneifen können.

»Die Situation war ungünstig«, sagte Gott.

»Natürlich war sie ungünstig«, antwortete der Teufel. »Es waren ja Menschen anwesend.« Da er in seinen höllischen Folterwerkstätten immer nur die verderbtesten Exemplare von Homo sapiens zu Gesicht bekam, hatte er keine hohe Meinung von diesen Geschöpfen.

»Nichts gegen die Menschen«, sagte Gott beleidigt. »Ich habe sie schließlich nach meinem Bilde geschaffen.«

»Na ja.« Der Teufel grinste. »Es ist eben nicht jeder ein Michelangelo.«

»Den habe ich auch geschaffen!«, schrie Gott, und zwar so laut, dass sich unten auf der Erde mehrere hundert Menschen schlagartig zum Glauben bekehrten. Es war sonst nicht seine Art, derart die Beherrschung zu verlieren, aber Satans Spezialbrand war nicht wirkungslos geblieben.

»Ist ja gut, ist ja gut«, sagte der Teufel beruhigend. »Ich will gar nichts gegen Homo sapiens gesagt haben. Verglichen mit den Unterwasservögeln von Antares 4 ist die Konstruktion geradezu genial.«

Gott wurde nicht gern an die Probleme mit Antares 4 erinnert. Die aquatischen Vögel, auf deren Erfindung er so stolz gewesen war, hatten sich als nicht wasserdicht erwiesen und waren allesamt ersoffen.

»Vielleicht waren es nicht die idealen Ansprechpartner«, versuchte er abzulenken. »Obwohl Geistliche in der Regel sehr tugendhafte Menschen sind.«

Der Teufel widersprach nicht, obwohl er nur schon aus seiner Abteilung für pädophile Sünder eine Menge Gegenbeispiele hätte nennen können. Aber wenn Gott schlecht gelaunt ist, soll man ihn nicht zusätzlich reizen. Die Aufräumarbeiten damals nach der Sintflut waren für das gesamte Engelspersonal, zu dem er damals auch gehörte, sehr anstrengend gewesen.

»Beim nächsten Ortstermin«, sagte Gott, »werde ich mich mit den Menschen zusammentun, die auf der Erde wirklich Einfluss haben.«

»Sie meinen die Chefs von Facebook und Twitter?«

»Natürlich nicht«, sagte Gott würdevoll. »Ich meine selbstverständlich die Politiker.«

Der Teufel brauchte eine Menge Selbstbeherrschung, um nicht laut herauszulachen.

»Ich werde mich an die Spitze eines Staates wählen lassen«, sagte Gott »und von dieser Position aus den Weltfrieden einfach anordnen.«

Diesmal ließ er sich seinen Körper vom auf das Wiederherstellen von Ordnung spezialisierten Erzengel Raphael vorbereiten. Es war ein Modell mit besonders vielen Zähnen, die beim Lächeln auf Wahlplakaten bestimmt sehr wirkungsvoll sein würden.

Wer seine ganze Existenz in der Ewigkeit verbringt, kann mit den Feinheiten der irdischen Zeitrechnung manchmal nicht so richtig umgehen. So hatte Gott – er erinnerte sich ungern daran – in den Anfangsjahren der Menschheit einmal ein Ritual angeordnet, bei dem der jeweilige Stammesoberste seine Aufgaben feierlich an einen jüngeren Nachfolger übergeben sollte, und zwar jeweils nach exakt tausendjähriger Dienstzeit. Schon der erste Amtsinhaber, ein gewisser Methusalem, hatte es nicht ganz bis zur regulären Pensionierung geschafft. Diesmal war aber nicht sein durch die eigene Unsterblichkeit bedingtes mangelndes Chronologieverständnis der Grund dafür, dass Gott für seine Karriere vom Politikeinsteiger bis zum Staatschef nur vier Wochen einrechnete. Länger konnte er den Himmel einfach nicht sich selbst überlassen.

Dass aus der geplanten Politikerkarriere dann nichts wurde und Gott seinen Plan zur Besserung der Menschheit durch irdische Gesetzgebung schon nach einem einzigen Gespräch wieder aufgab, war nicht vorauszusehen gewesen. Genauer gesagt: Es wäre natürlich vorauszusehen gewesen, aber Gott hatte ein für alle Mal beschlossen, nicht mehr in die Zukunft zu schauen. Immer schon im Voraus zu wissen, was als Nächstes passieren würde, das hatte er während endloser Äonen feststellen müssen, machte die Existenz sehr langweilig.

Um trotz der knapp bemessenen Zeit gründlich vorzugehen, hatte Gott beschlossen, nicht gleich in einen Wahlkampf einzusteigen, sondern sich zuerst von einem Fachmann beraten zu lassen. Es handelte sich dabei um einen gewissen Doktor Schäufele, der seine prahlerische Behauptung, mit einem genügend großen Budget könne er jede Vogelscheuche zum Abgeordneten machen, schon mehr als einmal unter Beweis gestellt hatte. Und Geld war für jemanden, der neben allen anderen Metallen auch das Gold erschaffen hatte, nun wirklich kein Problem.

Dr. Schäufele war ein kleiner dicker Mann, der es nicht ganz schaffte, mit einer knallbunten Krawatte von seinem Doppelkinn abzulenken.

»Sie wollen also in die Politik?«, fragte er.

»Ich muss.« Gott, der sich doch eigentlich der absoluten Wahrheit verschworen hatte, fühlte sich mit dieser Antwort nicht wirklich wohl. Als allmächtiger Herr des Universums hat man zwar eine Menge berufsbedingten Stress, aber dafür den Vorteil, alles zu können und nie etwas zu müssen. Er tröstete sich mit dem Gedanken, dass er ja nur für seinen kurzfristig benutzten menschlichen Körper antwortete – »Avatar« hatte das der Teufel genannt, der die meisten dieser neumodischen Ausdrücke auch selber erfunden hatte –, und wiederholte: »Ich muss.«

»Das ist schon mal gut«, sagte Dr. Schäufele.

»Wirklich?«

»Ja«, sagte Schäufele. »Das lässt Ihre angestrebte Karriere wunderbar uneigennützig erscheinen. Sie müssen das unbedingt in jedem Interview sagen. Haben Sie irgendwelche Erfahrungen im politischen Bereich?«

»Eigentlich nicht.«

»Noch besser«, sagte Schäufele und zupfte seinen Krawattenknopf zurecht. »Quereinsteiger sind werbetechnisch viel einfacher zu verkaufen. Weil man ihnen jede Eigenschaft zuschreiben kann, die sich das Stimmvolk wünscht. Ich sage nur: Trump. Was machen Sie beruflich?«

»Ich … äh … ich leite einen Betrieb. Einen sehr großen Betrieb.«

»Den Sie selber gegründet haben?«

»Gewissermaßen ja.«

»Selfmademan, aha. Auch das ist ein Pluspunkt. Die Wähler lieben Erfolgsgeschichten. Vom Tellerwäscher zum Millionär. Ich sage noch mal nur: Trump.«

Zu Gottes Allwissenheit gehörte es auch, dass er immer alle Zeitungen gelesen hatte, ohne auch nur eine einzige abonnieren oder an die Entsorgung des Altpapiers denken zu müssen, und deshalb wandte er ein: »Der hat doch jede Menge Geld von seinem Vater geerbt!«

»Aber doch nur in der Wirklichkeit!«

»Und die spielt in der Politik keine Rolle?«

Dr. Schäufele sah ihn so ungläubig an, als habe sich sein Klient gerade in ein Einhorn verwandelt. (Eine Erfindung, erinnerte sich Gott schmerzlich, die sich auch nicht wirklich bewährt hatte. Vielleicht hätte er doch auf die Warnungen des Teufels hören und das Horn ein bisschen kürzer machen sollen. Dann hätten sich die wenigen Exemplare nicht dauernd in irgendwelchen Ästen verfangen und wären verhungert.)

»Wirklichkeit in der Politik?«, fragte Schäufele und klang jetzt ein bisschen wie Satan, wenn der mal wieder seinen sarkastischen Tag hatte. »Und was noch alles? Fluglinien, die sich für die Bequemlichkeit ihrer Passagiere interessieren? Energiekonzerne, die das Klima retten wollen? Unbestechliche Fußballfunktionäre? Wo sind denn Sie auf die Welt gekommen?«

Das war, wenn man Gott war und deshalb schon immer existiert hatte, eine schwer zu beantwortende Frage. Aber zum Glück hatte Dr. Schäufele sie nur rhetorisch gemeint.

»Ich glaube, bei Ihnen muss ich ganz von vorne anfangen«, fuhr er fort. »Warum wollen Sie überhaupt in die Politik?«

»Um die Welt besser zu machen«, sagte Gott. »Um für Frieden zu sorgen. Für Gerechtigkeit. Für Wohlstand.«

»Das sagen alle Politiker.«

»Aber ich meine es wirklich!«

»Das sagen auch alle Politiker. Wenn sie klug sind.«

»Und keiner von ihnen ist ehrlich?«

»Sehen Sie, guter Mann«, sagte Schäufele und verfiel ganz automatisch in den dozierenden Ton, den er sonst nur benutzte, wenn er an der Hochschule für Ökonomie seine bei angehenden Wirtschaftsführern so beliebte Vorlesung über »Demokratie und Profit« hielt, »sehen Sie, es ist doch so: Wenn ein Politiker klug ist, ist er nicht ehrlich. Wenn er ehrlich ist, ist er nicht klug. Und wenn er klug und ehrlich ist, dann ist er kein Politiker.«

An dieser Stelle lachten die Studenten immer, und Schäufele war ein wenig beleidigt, weil sein Klient es ihnen nicht nachmachte.

Stattdessen fragte der: »Und mit purer Unehrlichkeit kann man eine politische Karriere machen?«

»Wie denn sonst? Ich sage nur …«

»Trump«, ergänzte Gott, und hinterher hatte

75

keiner der Feuerwehrleute eine Erklärung dafür, warum Schäufeles Krawatte so ganz plötzlich in Brand geraten war. Schäufele vermutete zwar, sein seltsamer Klient habe womöglich etwas damit zu tun gehabt, aber von diesem Klienten war nichts mehr zu sehen. Der stand im Direktionsseparee am Waschbecken, und zwar mehrere Ewigkeiten lang.

»Für jemanden, der keinen Körper hat, waschen Sie sich Hände aber verdammt lang«, sagte der Teufel.

»Der Mann war ja noch schmuddeliger als diese indischen Heiligen«, sagte Gott, »die meinen, sie würden mir eine Freude machen, wenn sie sich ein Leben lang nicht waschen.«

»Schnäpschen?«, fragte der Teufel.

»Unbedingt«, sagte Gott.

Ein paar Äonen später sangen die beiden zweistimmig Lieder, von einer Art, wie sie auch die heilige Cäcilie als Leiterin der himmlischen Chöre noch nie gehört hatte.

»Man sollte sie alle ...«, sagte Gott und hatte auch ohne Kopf gewaltige Kopfschmerzen.

»Vielleicht mit einem Vulkanausbruch ausrotten?«, schlug der Teufel vor. »Nach meinen Erfahrungen in der Hölle hat flüssige Lava eine ausgesprochen desinfizierende Wirkung.«

»Ich kann doch nicht …« Gott merkte gar nicht, dass er schon wieder angefangen hatte, in unfertigen Sätzen zu sprechen.

»Wenn ich Sie daran erinnern darf«, sagte der Teufel und war, wie immer, wenn er eine Gemeinheit im Schilde führte, ganz besonders höflich, »Sie sind allmächtig. Sie können alles.«

»Das Ende der Welt?«

»Aber nicht doch«, sagte der Teufel. »Nur das Ende dieses lächerlichen kleinen Planeten. Der in ein paar Milliarden Jahren ohnehin in seiner Sonne verglühen wird. Also praktisch übermorgen.«

»Trotzdem«, sagte Gott und klang jetzt ein bisschen weinerlich. »Ich habe mir mit der Konstruktion des Menschen besonders viel Mühe gegeben.«

»Noch mehr als damals bei den Unterwasservögeln?«, fragte der Teufel, und das war denn doch ziemlich gemein von ihm.

Aber Gott ist nicht nur allmächtig, allwissend und allgütig, sondern auch stur, und so beschloss er, bei einem allerletzten Ortstermin doch noch die Rettung der Menschheit zu versuchen. Diesmal, beschloss er, wollte er die Sache anders angehen. Vielleicht war es ja – obwohl er natürlich unfehlbar war – ein Missgriff gewesen, sich allzu direkt an jene Menschen zu richten, die Probleme hatten. Und Menschen hatten eigentlich immer Probleme. Nicht ganz ohne sein eigenes Zutun, musste er sich eingestehen. Der Satz mit dem »Schweiße deines Angesichts«, der ihm damals im ersten Zorn herausgerutscht war, hätte nicht unbedingt sein müssen.

Diesmal, nahm er sich vor, würde er damit beginnen zu beobachten, was die Menschen wirklich glücklich machte, und dieser Glücklichmacher, großzügig über den ganzen Planeten verteilt, würde ganz von selbst dafür sorgen, dass die Menschheit für alle Zeiten friedlich und vernünftig … Aber er hatte sich vorgenommen, nicht in die Zukunft zu schauen.

Auf der Suche nach dem richtigen Einstieg stieß er auf eine Anzeige, in der eine »Insel der Glücklichen« angepriesen wurde. Unter einem Bild, aus dem ihm gutaussehende junge Leute strahlend entgegenlachten, stand folgender Text: »Hier gibt es weder Probleme noch Sorgen. Bei uns können Sie einfach nur happy sein.«

(Im Himmel ging später das Gerücht um, es sei der Teufel gewesen, der ihm dieses Inserat untergejubelt habe. Aber bewiesen wurde nie etwas.)

Mit frischem Mut versetzte Gott seinen neuen Körper, den diesmal Erzengel Zadkiel ausgesucht hatte, auf die in der Anzeige angepriesene Insel der Glücklichen – und fand sich auf einem Liegestuhl an einem Swimmingpool wieder, bei strahlendem

Sonnenschein und mit einem eisgekühlten Drink in der Hand. Die Situation wäre an und für sich nicht unangenehm gewesen, und ein bisschen Urlaub, fand er, hatte er sich nach den jüngsten Aufregungen durchaus verdient. Nun war aber sein Liegestuhl nicht der einzige an diesem Pool, sondern einer unter fünfhundert, und auf jedem lag ein Feriengast und war damit beschäftigt, einen Daheimgebliebenen neidisch zu machen, indem er ihm via Handy mitteilte, wie schön man es hier habe, »und das erst noch all inclusive, das musst du dir mal vorstellen«.

»Nun ja«, dachte Gott, »wenn das die Menschen glücklich macht, muss man ihnen ihr Glück auch lassen.« Er beschloss also, sich während seiner weiteren Beobachtungen durch die Dauertelefoniererei nicht stören zu lassen, und auch keinen Anstoß daran zu nehmen, dass das Schwimmbecken anscheinend nicht mit Wasser, sondern ausschließlich mit schreienden Kindern gefüllt war. Selbst die Electropop-Version von *Una paloma blanca,* die aus versteckten Lautsprechern in Endlosschleife erklang, ließ sich irgendwie überhören. »Himmlische Ruhe«, sagte sich Gott, »ist, wie der Ausdruck schon sagt, eben nur im Himmel zu erwarten.«

Er schloss die Augen, um ein bisschen zu schlafen, wurde aber nach wenigen Augenblicken wieder geweckt, weil ein fremder Mann vor seinem Liegestuhl stand und ihn wachrüttelte.

»Na, du Faulpelz«, sagte der Mann, der außer Badehosen nur ein lustiges Hütchen anhatte, »willst du nicht ein bisschen mitmachen?«

»Wobei?«, fragte Gott.

»Das kannst du dir aussuchen. Alles, was dir Spaß macht. Sackhüpfen, Eierlauf oder das große Wasserpistolen-Duell.«

»Eigentlich wollte ich ein bisschen schlafen.«

»Schlafen?« Der Mann lachte so verächtlich, wie es Satan getan hätte, wenn man ihm eine Heiligenlegende hätte vorlesen wollen. »Schlafen kannst du, wenn du tot bist.«

Nun wäre Gott durchaus in der Lage gewesen, diesen Irrtum zu korrigieren und den Mann darüber aufzuklären, dass man sich als Toter keineswegs bis in alle Ewigkeit ausruhen könne, dafür gab es im Himmel – und erst recht in der Hölle – viel zu viel zu tun. Aber theologische Debatten, fürchtete er, würden seiner Suche nach dem Ursprung menschlichen Glücks nicht wirklich förderlich sein.

»Sind Sie glücklich?«, fragte er deshalb.

»Selbstverständlich«, sagte der Mann. »Ich bin jeden Tag von sieben Uhr früh bis Mitternacht absolut glücklich. So wie es mein Arbeitsvertrag verlangt.«

»Arbeitsvertrag?«

»Das ist alles ganz exakt geregelt. Und die permanent gute Laune haben wir während der Berufsausbildung gründlich eingeübt. Du kannst mir glauben, es ist kein einfacher Job.«

»Was für ein Job denn?«

»Ich bin Animateur«, sagte der Mann. »Ich animiere.«

Gott verstand selbstverständlich alle Sprachen, und mit solchen, deren Wortschatz aus dem Lateinischen stammte, war er nur schon wegen der katholischen Fraktion unter seinen Anhängern besonders gut vertraut. »Animieren« hieß »beseelen«, was er als recht anmaßend empfand, denn das Beseelen von Körpern war nun mal sein Monopol, eines, das er seit den Tagen von Adam und Eva nie an jemanden delegiert hatte.

»Und was macht man so als Animateur?«, fragte er lauernd. Wenn *Paloma blanca* nicht so laut gewesen wäre, hätte man ein fernes Donnergrollen hören können.

»Ich unterhalte die Gäste«, sagte der Mann. »Ob sie wollen oder nicht.«

»Mit Eierlauf, Sackhüpfen und dem Wasserpistolen-Duell?«

»Wir haben auch noch Blinde Kuh und Malen mit Fingerfarben im Angebot.«

»Und sonst gibt es hier nichts zu tun?«

»Doch, natürlich«, sagte der Mann mit dem lustigen Hütchen. »Von sieben Uhr bis zehn Uhr das große Frühstücksbuffet, von halb elf bis halb zwölf Kaffee und Kuchen, von zwölf bis zwei das Mittagsbuffet, von halb vier bis halb fünf wieder Kaffee und Kuchen und von sechs bis neun unser Riesen-Super-*all-you-can-eat*-Dinner.«

»Diesmal ohne Buffet?« Besser hätte auch Satan den sarkastischen Tonfall nicht hingekriegt.

»Selbstverständlich mit«, sagte der Mann. »Wenn die hier auch noch Kellner einstellen müssten, würde sich das Geschäft nicht mehr rechnen.«

»Und diese Fresserei macht die Leute glücklich?«

»Die meisten. Den anderen ist es nach dem Dinner so schlecht, dass sie freiwillig auf das Mitternachtsbuffet verzichten.«

»Mit-ter-nachts-buf-fet?«, schrie Gott, und so viele Silben hatte das Wort in der ganzen Weltgeschichte noch nie gehabt. »Das ist also das Glück der Menschen?«

Und Petrus, der wusste, was dieser Tonfall zu bedeuten hatte, öffnete die Schleusen des Himmels, ein tropisches Gewitter, versetzt mit Schnee und Hagel vertrieb die Pauschaltouristen, und ein Tornado fegte sämtliche Liegestühle in den Swimmingpool. *Paloma blanca* brach mitten in einer Silbe ab, und in der plötzlichen Stille war nur noch die Stimme eines Metzgermeisters aus Wanne-Eickel zu hören, der zu seiner Frau sagte: »Darüber werde ich mich beim Reisebüro beschweren.«

Diesmal wartete der Teufel mit einem speziell gebrannten, dreifach starken Höllenbrand vergeblich auf den Firmenchef. Gott betrat das Direktionsseparee sehr lang nicht mehr. Nach diesem letzten Ortstermin hatte er beschlossen, die Menschen sich selbst zu überlassen und sich wieder den Unterwasservögeln von Antares 4 zuzuwenden.

Charles
Lewinsky
Doppelpass

Roman · Diogenes

Roman
384 Seiten
Auch erhältlich als eBook
und Hörbuch-Download

Die Cousins Tom und Mike Keita sind beide aus
Guinea in die Schweiz gekommen. Nur dass Tom
ein erfolgreicher Fußballspieler ist und Mike ein
illegaler Immigrant. Entsprechend verschieden
werden sie behandelt. Während man dem einen
die erleichterte Einbürgerung anbietet, gerät der
andere in die Mühlen der Bürokratie, die nur ein
Ziel kennt: ihn so schnell wie möglich wieder los-
zuwerden.

Charles
Lewinsky
*Rauch
und Schall*

Roman · Diogenes

Roman
304 Seiten
Auch erhältlich als eBook
und Hörbuch-Download

Goethe kommt zurück aus der Schweiz und hat
zu Hause in Weimar plötzlich eine Schreibblo-
ckade. Da kann sein kleiner Sohn August noch
so still sein und seine Frau Christiane noch so
liebevoll um sein Wohl besorgt. Ausgerechnet
sein Schwager Christian August Vulpius, eben-
falls Schriftsteller und von Goethe verachteter
Viel- und Lohnschreiber, kommt ihm in dieser
Situation zu Hilfe. Zu einer Hilfe, die Goethe
nicht will und doch dringend braucht.